絵草紙

月夜遊女

泉鏡花 文

山村浩二 絵

アダム・カバット 校註

平凡社

絵草紙
月夜遊女

平凡社

本書の登場人物

吉《きち》

カボチャ頭に頬かぶりの不器用な寂しがり屋。しかも自分の影を怖がるほどの弱虫。

音吉《おときち》

向こう鉢巻を結んだ血気盛んな若者。たまにはずるいことを考えるが憎みきれない。

七親仁《しちおやじ》

主公様《とのさま》の別荘番。
率直で、忠義心が強いが
頓珍漢《とんちんかん》なことも言う。

月夜。逗子湾の新宿の浜から山道を歩く吉と音吉は横浜の問屋に魚を届けに。その途中、大きな鮟鱇《あんこう》を抱えた音吉は妙なことを考え出す。

主公様《とのさま》

伊澤侯爵、号は槐庵《かいあん》。
湘南の別荘で暮らす老政治家。
額が広くて鼻が高い。

神将《しんしょう》

空から突然現れる白銀の大鎧姿の神。
戦うために地上に降りたが
果たして人間の味方をするか？

美女《たおやめ》

鮟鱇の肝はなぜか美女に化けた。
主公様《とのさま》の寵愛を受けた美女は、
お部屋様、お蘭の方と呼ばれる。

一

吉「音《おと》やい、良《い》い月夜《つきよ》じゃねえかよ、」

と風《かぜ》に揺《ゆ》らるる案山子《かかし》のように、ふらふらと月《つき》に描《えが》き出《い》だされた、肴籠《さかなかご》を振分《ふりわ》けに、ずっしり重量《おもみ》のある天秤《てんびん》を担《かつ》いで、前《さき》に立《た》って歩行《ある》いたのが、鼠色《ねずみいろ》に艶《つや》のある浅《あさ》霧《ぎり》をかけた、一《ひと》むらの樹立《こだち》を前《まえ》に見《み》ながら、そこらの芋《ずい》茎《き》の葉《は》を頷《うなず》かしむべく、野良声《のらごえ》の調子高《ちょうしだか》。

吉「まるで昼間《ひるま》だっぺい。いつかの盆踊《ぼんおどり》の夜中《よなか》のようで、影《かげ》だか人《ひと》だか分《わか》んねえ、見《み》さっせえ、おらが道陸神《どうろくじん》に魂《たましい》さ入《はい》って活《い》きてるだ。

やあ、音《おと》。

こう、はあ、皎《こう》々と澄《す》み切《き》った月夜《つきよ》となると、虫《むし》の這《は》うまでが見《み》えそうで、それでいて、何《なに》よなあ、何《なん》だか水《みず》の底《そこ》でも渡《わた》るようで、また、そうかと思《おも》うと、夢《ゆめ》に宙《ちゅう》でも歩行《ある》くようで、変《へん》に娑婆《しゃば》ばなれがして、物凄《ものすご》く、心持《こころもち》

が茫《ぼっ》とすらあよ、ええ、音《おと》。」

と話《はな》しかけても、返事《へんじ》せず、その癖《くせ》ひたひたと足《あし》の音《おと》は、踵《かかと》について聞《きこ》えるので、言《ことば》を途切《とぎ》らし、天秤《てんびん》の上《うえ》へ、南瓜《とうなす》の捻首《ねじくび》で、頬冠《ほおかぶり》の面《つら》を、おっくうそうに振向《ふりむ》いた。

吉「音《おと》やい、なぜ黙《だま》る。些《ちっ》と話《はな》しでもして行《い》くべいでねえか。よう、お互《たがい》に、馴《な》れた道中《どうちゅう》でも夜《よ》ふけさふけだ。これから突切《つっき》って街道《かいどう》を折曲《おれまが》る、一里塚《いちりづか》の辺《へん》さ灘《なだ》だからな、よくねえよ。主《ぬし》もおらもなまぐさを担《かつ》いだ上《うえ》に、お月様《つきさま》を背負《しょ》って行《い》くだから、些《ちっ》とべい気味《きみ》のいい事《こと》はねえだ。

何《なに》か饒舌《しゃべ》らっせえよ。

こんな時《とき》は色《いろ》ばなしも魔《ま》がさすが、法談《ほうだん》も柄《がら》にねえ、滅《め》入《い》るでな。小恥《こっぱず》かしく風流人《ふうりゅうじん》の真似《まね》をして、お月様《つきさま》のうわさをするだが、主《ぬし》は何《なん》で黙《だま》るだよ、やあ、これ、」

といって又《また》、廻燈籠《まわりどうろう》が忘《わす》れてまわる足《あし》の運《はこ》び、気《き》もなく、緩《のろ》くなって、

吉「音《おと》てえに。」

音「むむよ、」

と少《わか》いのが漸《やっ》と答《こた》えた。同《おな》じくこれもぼてをふったが、背後《うしろ》へ笊《ざる》を三《み》つかさねた、前《まえ》へ縄《なわ》からげの大魚一尾《たいぎょいちび》、一《ひと》抱《かか》えある図抜《ずぬ》けな鮟鱇《あんこう》、その状《さま》、色好《いろこの》める道士《どうし》に似《に》たるを、月《つき》にさらしてあからさま、やがて地《じ》ずりに荷《にな》っている。

天秤棒《てんびんぼう》もきしむばかり、分銅《ふんどう》がかりに重《おも》そうなのを、血気《けつき》な向顱巻《むこうはちまき》で、染入《しみい》る月《つき》の肩《かた》に汗《あせ》はせぬが、蒼《あお》ずむ魚《うお》の膚《はだえ》にも、かさねた笊《ざる》の編目《あみめ》にも、たらたらとあふるる露《つゆ》、霜《しも》にもならず流《なが》るるばかり。畷《なわて》の隈《くま》行《ゆ》く小川《おがわ》に声《こえ》なく、一寸黙《ちょっとだま》ると、しんとして、左右《さゆう》の刈田《かりた》はどこまでも雁《かり》の影《かげ》さえささぬのである。

頰被《ほおかぶり》の中《なか》に声《こえ》も滅入《めい》って、

吉「音《おと》てえになあ、変《へん》だな野郎《やろう》、」

音「…………」

吉「よう、音《おと》てえば、」と、又《また》がっくり、息《いき》をついたように立淀《たちよど》む。これにつれて、背後《うしろ》なる壮佼《わかもの》、その顱巻《はちまき》の

結《むす》び目《め》を揺《ゆす》って、不意《ふい》に停《とま》り、

音「ええ、待《ま》ちねえ、おら些《ちっ》と妙《みょう》な事《こと》を考《かんが》えたい。」

その足許《あしもと》を覗《のぞ》くように、頬被《ほおかぶり》の中《なか》に目《め》を据《す》えながら、

吉「止《よ》せやい、音《おと》、こんな処《ところ》で妙《みょう》な事《こと》なんか考《かんが》えるもんでねえ。」

音「でもな。まあ、さっさと歩行《ある》きねえな。」

吉「おい、歩行《ある》くがの。真実《ほんとう》だ、何《なん》だか知《し》んねえけんど、真個《まったく》よ、灘《なだ》を越《こ》して了《しま》うまではな、そんな何《なん》だぜ、妙《みょう》な事《こと》なんか考《かんが》えねえ方《ほう》がいいぜ。」

二

吉「おら又何《またなん》だって、こう昼《ひる》と夜《よる》とがらり了簡《りょうけん》が違《ちが》うだかな、我身《わがみ》で我身《わがみ》が分《わか》らねえだよ。昼《ひる》で見《み》ねえな、新《しん》宿《じゅく》の浜《はま》さ土俵《どひょう》にして、鬼《おに》とも取組《とっく》む気《き》だけれど、」

と、かごとがましく言《い》いつづくる。

音「当前《あたりめえ》よ、真昼間《まっぴるま》どこへ鬼《おに》が出《で》るもんか。」

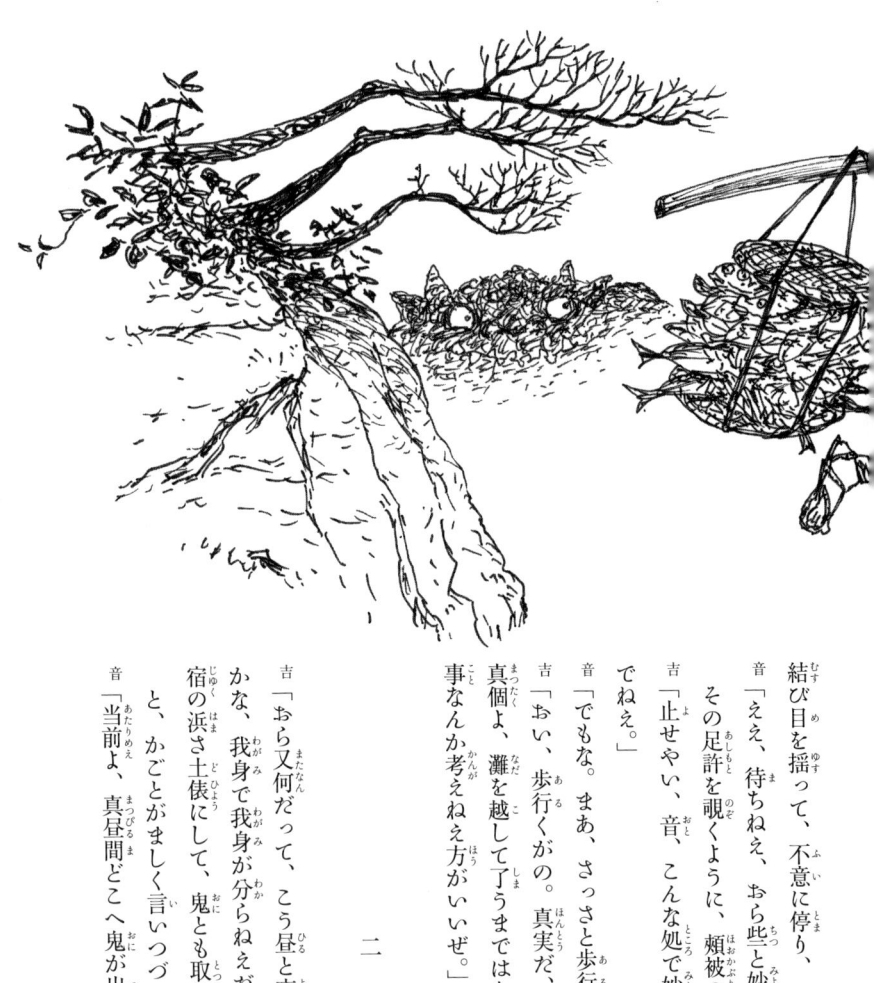

と背後《うしろ》から元気《げんき》の可《い》い声《こえ》。

吉「ええ、夜《よる》だって、出《で》られて堪《たま》りごとがあるもんか、密《そっ》といわっせえよ。お前《めえ》、大《おお》きな声《こえ》を出《だ》して、まるではあ、鬼《おに》に呼出《よびだし》をかけるようなもんだ。」

とぶつぶつ足《あし》も捗取《はかど》らない。

音「呆《あき》れた臆病《おくびょう》ったらありゃしねえや、」

吉「何《なん》だって、お前《めえ》、夜中今時分《よなかいまじぶん》、この街道《かいどう》を歩行《ある》くものは、はあ、新宿《しんじゅく》の浜《はま》さ担《かつ》ぎ出《だ》してから、沼間《ぬまま》、田浦《たうら》よ、金沢《かなざわ》から杉田《すぎた》を山越《やまごえ》で浜《はま》の問屋《とんや》まで、まあよ、在所《ざいしょ》の夜《よ》網《あみ》さ上《あが》ってから、こうやって夜《よ》ふけに田山《たやま》さ突切《つっき》って、堀割《ほりわり》へ行《い》って東《ひがし》さ白《しろ》むまで、人幾人《ひといくたり》と、口《くち》い利《き》いたり、てくったり、活《い》きて働《はたら》く人間《にんげん》の数《かず》に限《かぎ》りがあるだよ。

今夜《こんや》なんざ、利七《りしち》が一番《いちばん》がけに、そうだを担《かつ》いで駈出《かけだ》したわ。三太《さんた》と、八兵衛《はちべえ》が馬力《ばりき》で二台《だい》な、がたくりがたくりと曳出《ひきだ》した。おらと主《ぬし》さ、後《あと》おさえだ、背後《うしろ》の方《ほう》にや当分小糠虫《とうぶんこぬかむし》の影《かげ》はねえと断念《あきら》めているだでな。

能見堂手前《のつけんどうてまえ》で、金沢《かなざわ》の塩売《しおうり》が、朝月夜《あさづきよ》にきらきらと塩《しお》

を光《ひか》らして来《く》るのに出《で》っくわしゃ、いい見《め》っけものだ。考《かんが》えると心細《こころぼそ》いではねえか、ええ、音《おと》。

　ぐわっとでも言《い》って見《み》ねえな、荷《に》を放《ほう》り出《だ》して一散《いっさん》がけに前途《さき》へ駈出《かけだ》して、利七《りしち》や三太《さんた》づれに助《たす》けて呉《く》れい、とやりゃ格別《かくべつ》。あとから来《く》るものは人間《にんげん》どころか、気《き》心《こころ》の知《し》れた犬《いぬ》もいねえと決《きま》った日《ひ》にゃ、ええ、音《おと》、心持《こころもち》、おらあ荷《に》が重《おも》てえ。ぽっちり、影法師《かげぼうし》が見《み》えねえでも、後前《あとさき》に夥間《なかま》が歩行《ある》いていると思《おも》や、どれだけ力《ちから》になるか知《し》んねえが、あとおさえだけにぞくぞくすらあ。早《はや》く一里塚《いちりづか》の難場押越《なんばおっこ》して、山《やま》の下《した》の立場《たてば》の、お鉄婆《てつばあ》さまが店《みせ》さ叩《たた》いて、飯《めし》でも炊《た》いて貰《もら》ってよ、底《そこ》へ力《ちから》を入《い》れねえじゃ、妙《みょう》に膝節《ひざぶし》ががくがくすら、よう、碌《ろく》でもねえ。異《ひょん》な処《とこ》で汽車《きしゃ》の車《くるま》についてまわった、島田《しまだ》っ首《くび》の話《はなし》なんか思《おも》い出《だ》した。

　堪《たま》らねえな。

　うまく行《い》くと、利七《りしち》でええが、長《なが》く飲《の》んでいりゃ、追《おっ》ついて一処《いっしょ》になろうも知《し》んねえだが、この間《あいだ》が我慢《がまん》だぜ。

あれ、一里塚《いちりづか》が目《め》の前《まえ》に煙《けむ》って来《き》た。また、馬《うま》のわらじが、ふっふって、いきり立《た》ってけつかるべい。あれもさ、白髑髏《されこうべ》が息《いき》をしているように見《み》えてなんねえ。なあ、音《おと》、ほんのこった、怪我《けが》にも妙《みょう》な事《こと》なんか考《かんげ》えまいぜ。いや、どっこい、」

とさしかかる、畷《なわて》から松並木《まつなみき》へ、斜《ななめ》にかかった爪先上《つまさきあが》り。姿《すがた》の瘠《や》せた松並木《まつなみき》。故道《ふるみち》は一条白《ひとすじしろ》く、天窓《あたま》の上《うえ》に長《なが》くなって、旧来《もとき》た径《こみち》は草鞋《わらじ》の下《した》から、小川《おがわ》を籠《こ》めて暗《くら》くなり、遥《はるか》にさらさらと水《みず》の音《おと》。音吉《おときち》は足踏《あしぶ》みして、

音「何《なん》だな。なまものを担《かつ》いだようでもねえ、主《ぬし》がいうことも腰《こし》つきも、はあ、牛《うし》に曳《ひ》かれているようだ。そんな気《き》でいたが最後《さいご》よ、魚《さかな》が萎《な》えて価《ね》が下《さが》らあ、しっかりしねえな、だらしはねえ。」

と顱巻《はちまき》を斜《ななめ》に射《い》る月《つき》に、気霜《きしも》を吐《は》いて白《しろ》く笑《わら》う。

音「はは、どうでえ、意気地《いくじ》がねえぜ。」

吉「何《なん》ていうがな、これでそこさ一里塚《いちりづか》へかかって見《み》ねえ。押被《おっかぶ》さった榎《えのき》の下《した》に、馬《うま》の草鞋《わらじ》ばかり明《あか》くってよ、

鳥籠《とりかご》のひしゃげた形《かたち》のお堂《どう》の中《なか》から、あの又地蔵様《またじぞうさま》の中《もうし》子《ご》見《み》たような、為体《いたい》の分《わか》らねえ小仏《こぼとけ》が五体《たい》というもの、異《おつ》う往来《おうらい》を見《み》てござる。あの前《まえ》を通《とお》って見《み》ねえな、主《ぬし》だって、ようこれ、余《あん》りはあ、大《おお》きな口《くち》い利《き》ける義理《ぎり》ではあんめえ。」

三

音「よう、」

と鮟鱇《あんこう》のその大《おお》いなるを、土手《どて》につけず飜然《ひらり》と月《つき》に、腹《はら》の光《ひかり》をつらりと射《い》つつ、手《て》に笊《ざる》の縄《なわ》をぐいと掴《つか》んで、軽《かる》く上《あが》った。音吉《おときち》は、並木《なみき》の松影《まつかげ》、道《みち》の真中《まんなか》の真明《まあか》きに、おさきだちは照《て》れた形《かたち》。

音「さあ、おらが、さきへ行《い》って遣《や》るべい、さっさと来《き》ねえ。」

吉「待《ま》ちろい、あとおさえは気《き》がねえと言《い》うに、こうなりゃ並《なら》んで歩行《ある》くだ。」

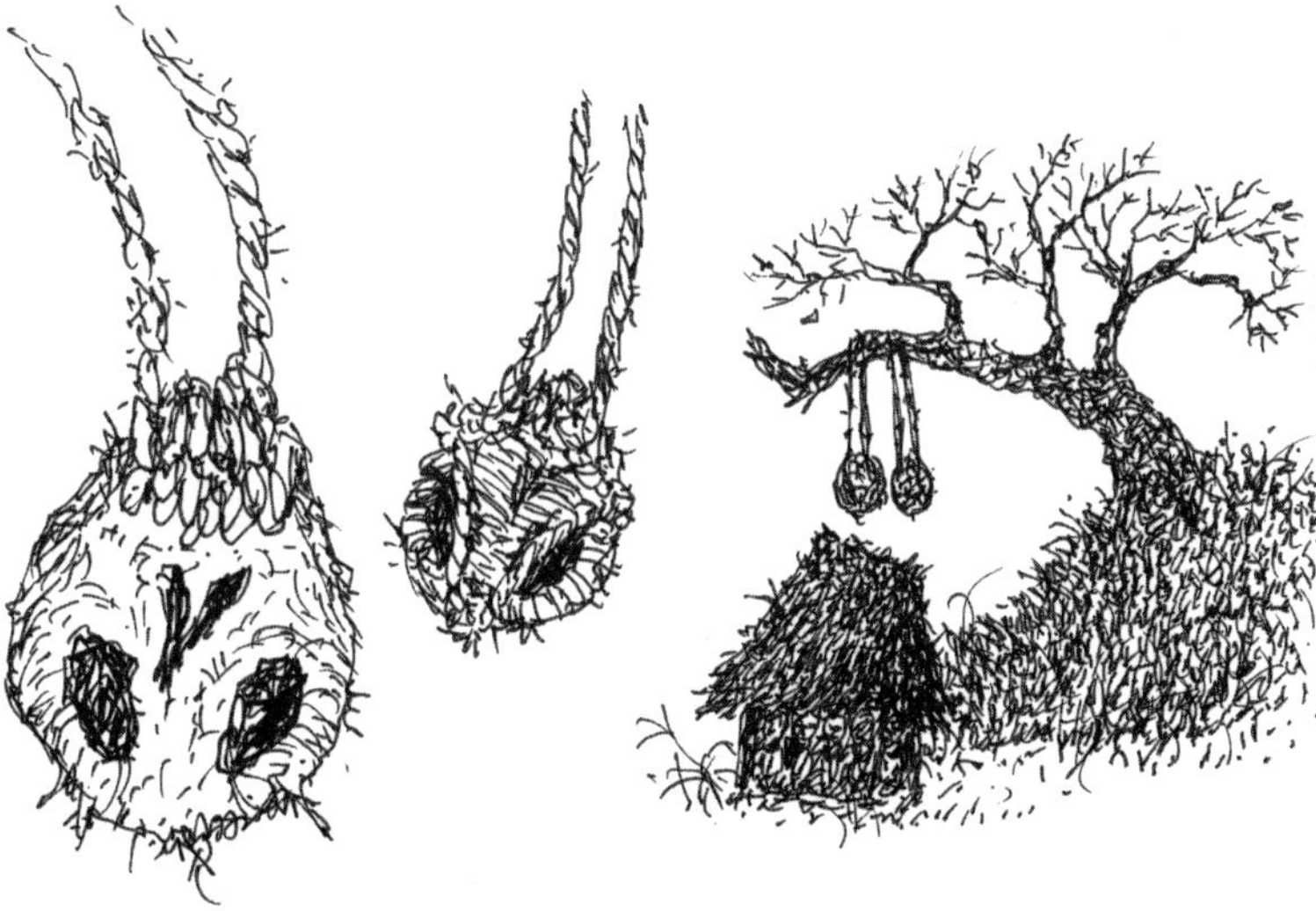

と横《よこ》ざまに来《き》て押並《おしなら》んだ、二人《ふたり》を合《あ》わせて四角《しかく》いような影法師《かげぼうし》。

並木《なみき》の影《かげ》を横《よこ》づたい、魚《うお》、木《き》に登《のぼ》る風情《ふぜい》なる、件《くだん》の逸《いち》物《もつ》を頤《あご》でさして、

音「吉《きち》やい、おらが妙《みよう》なことを考《かんが》えたと謂《い》うのは他《ほか》じゃねえだ。」

吉「ええ、ぬかす。忘《わす》れた時分《じぶん》に意地悪《いじわる》く又妙《またみよう》な事《こと》を考《かんが》える、止《よ》せってえにな。」

音「よせったってお前等《めえら》も、おらが腹《はら》の中《なか》で独《ひと》りで考《かんが》えるだから仕方《しかた》がねえだ。チョッ、可《い》いや、じゃ、黙然《だんまり》で歩行《ある》くとするだよ。」

と空《そら》を向《む》いて、音吉《おときち》は松《まつ》の葉越《はごし》に星《ほし》を捜《さが》す上目《うわめ》づかい。

吉「聞《き》くよ聞《き》くよ。黙然《だんまり》じゃ滅入《めい》ってなんねえ。聞《き》くからな、早《はや》くその考《かんが》えと云《い》うのを吐《こ》いっ了《ちま》いねえ。なりたけ何《なん》だぜ、変《へん》でなく聞《き》かしてくんろよ。」

音「むむ、おらあ、変《へん》なことを考《かんが》えたが。」

とうっかり遣《や》る。

吉「猶《なお》いけねえ、妙《みょう》が変《へん》になっては堪《たま》らねえだ。ほう、」という。

音「はは、そんねえにお前《めえ》ら、気《き》にするほどの事《こと》ではねえだよ。妙《みょう》といえば妙《みょう》よな、変《へん》といえば変《へん》だけれど、何《なん》でもねえ事《こと》だと思《おも》えば何《なん》でもねえ。吉《きち》やい、他《ほか》じゃねえが。」

吉「うむ、」とおっかなびっくり、唇《くちびる》へ力《ちから》を入《い》れる。

音「そら、」

一寸小手《ちょいとこて》を押《お》して、天秤《てんびん》の尖《さき》にいぶりをくれたが、このくらいな事《こと》で、ゆっさりともするような、そんな小《ちい》さな腹《はら》ではない、魚道士鮟鱇《ぎょどうしあんこう》、字《あざな》は泰山《たいざん》で、ずっしりと月《げっ》下《か》に光《ひか》れり。

音「この鮟鱇《あんこう》よ。」

吉「鮟鱇《あんこう》が…………」

音「妙《みょう》な事《こと》を考《かんが》えたと謂《い》うのはな。」

吉「ふむ、」

音「なぜこう腹《はら》が大《でっ》かいか、という事《こと》よ。」

とはじめて聞《き》いて、驚《おどろ》いて安堵《あんど》した、吉《きち》は臆病《おくびょう》も忘《わす》れたように、

吉「は、は、は、馬鹿野郎《ばかやろう》、くだらなく気《き》を揉《も》ませやがった。お互《たがい》に学校《がっこう》さ、ずるけた方《ほう》の男《おとこ》だけれど、われ、もう些《ちっ》と怜悧《りこう》だと思《おも》ってつきあったが、馬鹿野郎《ばかやろう》。何《なん》だと。……なぜ鮟鱇《あんこう》の腹《はら》さ大《でっ》かいだと、当前《あたりまえ》よ。おらと、われと、なぜ男振《おとこぶり》が違《ちが》うだと、湯屋《ゆうや》の娘《あねえ》が吐《ぬ》かしたも同一《おんなじ》よ。」

音「むむよ、お前《めえ》ら色男《いろおとこ》だよ、色男《いろおとこ》は狐《きつね》が好《す》きだぜ、そら、そこさ一里塚《いちりづか》だ。」

吉「ホイ、南無阿弥陀仏々々々々々々《なむあみだぶつなむあみだぶつ》。」

音「鼻《はな》の尖《さき》にぶら下《さが》って、しかもな、おらがに食《く》えると謂《い》うでもねえに、とはじめは唯見《ただみ》ていた内《うち》によ、今《いま》のその、腹工合《はらぐあい》を考《かんが》えただがな、まあ、聞《き》きねえ。

こりゃ、はあ、どうか真円《まんまる》っこくすると人間一人《にんげんひとり》入《はい》られそうだと思《おも》ってよ。それも道理《どうり》だ、ひももありゃ、いともあり、橙色《だいだいいろ》も、樺色《かばいろ》も、蒼《あお》いんだの、紫《むらさき》だの、どしこと山《やま》に籠《こも》るわけだと考《かんが》える内《うち》に、へへ、おらあの、吉《きち》やい、」

吉「…………」

音「妙《みょう》な事《こと》を考《かんが》えた。そら、ぱくりとあいた顎《あご》に牡丹餅《ぼたもち》だ。一番《いちばん》、途中《とちゅう》で臓物《ぞうもつ》を引《ひき》ずり出《だ》して、肝《きも》を抜《ぬ》いて、芋《いも》の葉《は》で、ぶら提《さ》げて行《い》って、お鉄婆《てつばあ》さん店《とこ》を起《おこ》してよ……な。」

四

音「お前《めえ》ら温《ぬく》い飯《めし》い喰《く》いな。おらあ、こいつをぐしゃぐしゃと煮《に》て熱燗《あつかん》だ。鮟鱇《あんこう》は肝《きも》が千両《せんりょう》よ、黙《だま》っていねえ、百両《ひゃくりょう》ぐれえは分《わ》けて遣《や》るよ。」

吉「厭《いや》だ、野郎《やろう》、もういいぐさが強盗《おしこみ》になりやがった。

止《よ》さっせえよ、悪《わる》い事《こと》を。主《ぬし》が考《かんが》えるまでもねえ、鮟鱇《あんこう》の腹《はら》さそのせいで大《でっ》かいだ。売《うり》ものの肝《きも》を抜《ぬ》いて、第一《だいいち》お前《めえ》、横浜《はま》の問屋《とんや》が承知《しょうち》しめえよ。」

音「そんな事《こと》にぬかりがあるかい。まあ、黙《だま》って見《み》ていねえよ、いや、どっこいしょ。」

吉「あれ、荷《に》を下《お》ろす。やあ、飛《とん》だ処《ところ》で。そらそら言《い》わねえこっちゃねえ、皆《みんな》呼吸《いき》を噴《ふ》いて、もそもそしている。」

と慌《あわただ》しくわきへ退《ど》いた。榎《えのき》を溢《こぼ》るる月影《つきかげ》に、一里塚《いちりづか》から湧《わ》いて出《で》た蟇《ひきがえる》の気勢《けはい》して、のっそり這《は》いそうな捨《すて》草鞋《わらじ》。

音「この馬《うま》の草鞋《わらじ》をな、……臓腑《ぞうふ》のかわりにへし込《こ》んでごまかすだ。そこさぬかるようなおらじゃねえ。先方《さき》だって問屋《とんや》だからな、直《す》ぐに吊《つる》し斬《ぎ》りにするのでねえ。野毛《のげ》の何丁目《なんちょうめ》かの魚屋《さかなや》で、軒《のき》から馬《うま》の沓《くつ》を降《ふ》らすのが落《おち》よ。うまく南京町《なんきんまち》へでも入《はい》って見《み》ねえ、鮟鱇《あんこう》の腹《はら》から出現《しゅつげん》ましました草鞋大王《わらじだいおう》とか何《なん》とか云《い》って、そこさ破堂《やれどう》でも建立《こんりゅう》して祭《まつ》るべいよ。」

吉《きち》は前方《さき》へ離《はな》れながら、居合腰《いあいごし》の樹《こ》の下影《したかげ》、夜《よ》なしの駕籠屋《かごや》が招《まね》くような、寂《さび》しい手《て》つきで、頻《しきり》におさえた。心《こころ》がらとて自分《じぶん》から幽霊《ゆうれい》じみたあわれな声《こえ》で、

吉「石仏《いしぼとけ》がござらっしゃるによ、勿体《もったい》ねえ勿体《もったい》ねえ。主《ぬし》や云《い》うことから乱暴《らんぼう》だ、よくねえよ、よくねえよ。よさっせえ。

第一場処柄《だいいちばしょがら》が、よくねえだ。悪《わる》い処《ところ》だ、陸灘《おかなだ》だぜ。」

と言《い》いかけてぎょっとした風《ふう》。猪首《いくび》をすくめて、きょろきょろと、天《そら》に高《たか》い榎《えのき》から、戸《と》のない、箱《はこ》の如《ごと》き辻堂《つじどう》に、五体《たい》、昼《ひる》よりは尚《な》お判然《はっきり》と、月《つき》に露《あら》われ見《み》え給《たま》う、仏《ほとけ》の姿《すがた》を、恐《こわ》々輪《わ》なりに眴《みまわ》して、

吉「へへへ、結構《けっこう》な、佳《い》い処《ところ》でござりますな、へへへ。その、へへへ、悪《わる》い真似《まね》をするな、よくねえ場処柄《ばしょがら》でと申《もう》すんで……へ……えい、音《おと》、止《よ》せってえに……よ。」

ざわざわと梢《こずえ》の風《かぜ》。

吉「ひええ、後生《ごしょう》だ。これ、せめて、せめて、これこ

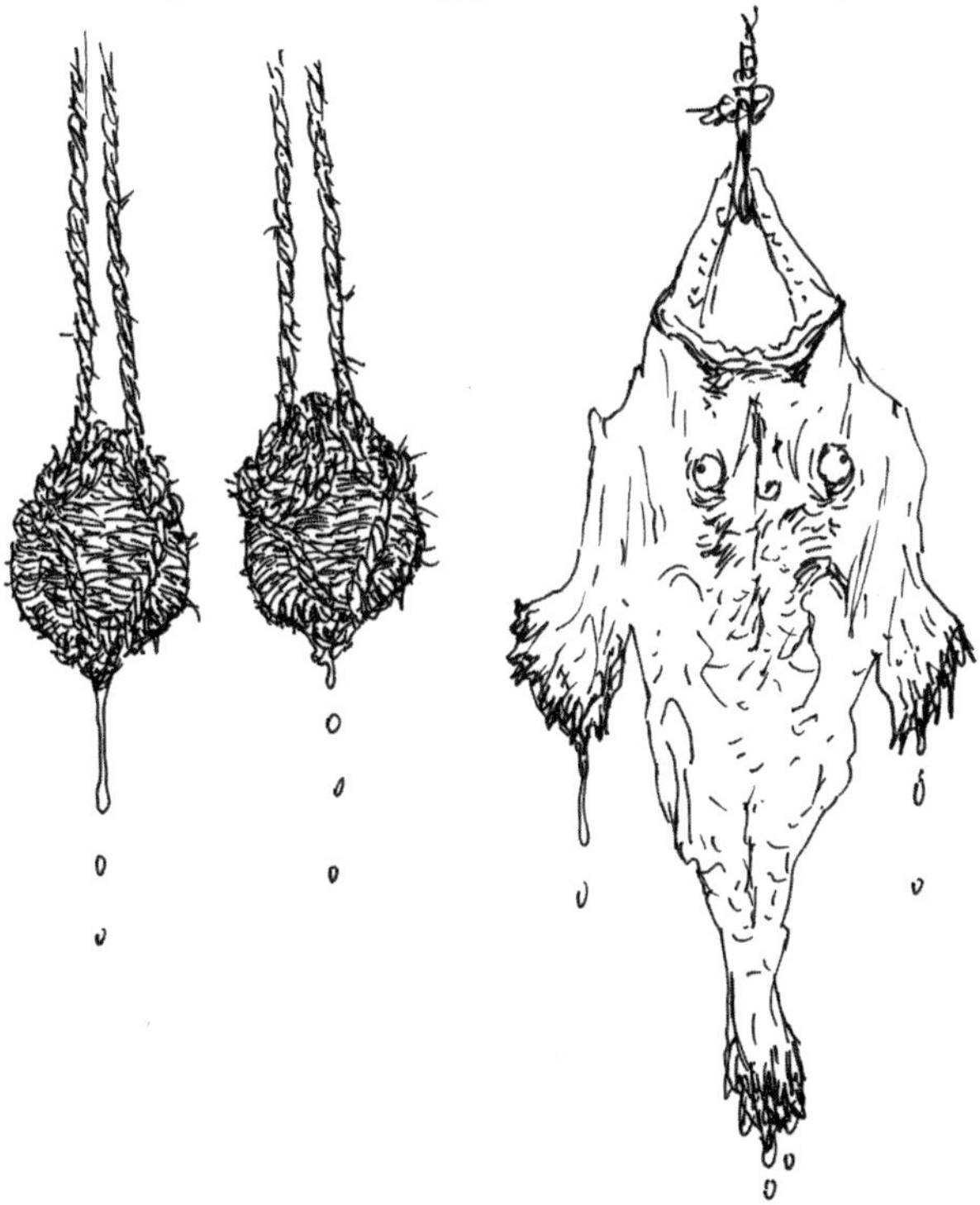

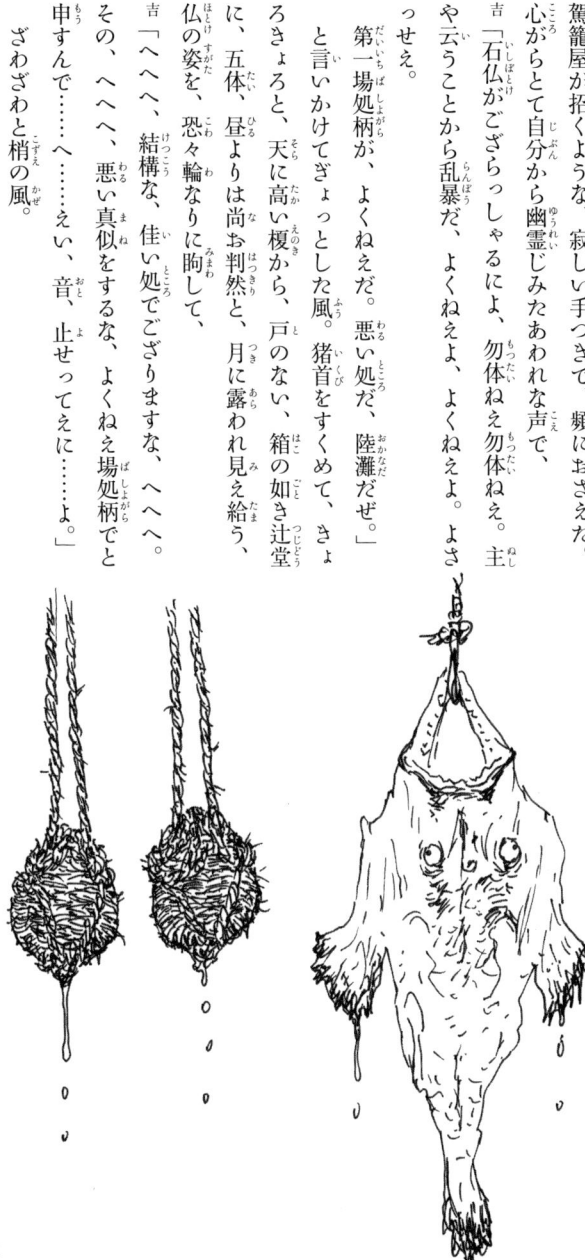

を出《で》て、明《あかる》い処《とこ》で遣《や》って呉《く》れ。」

と寒《さむ》そうに立窘《たちすく》むを、こっちは血気《けっき》でおもしろ半分《はんぶん》、榎《えのき》の根《ね》に踏《ふ》みはだかり、路《みち》の真中《まんなか》へ縄《なわ》を弛《ゆる》めた、天秤《てんびん》白《しろ》く笊《ざる》に預《あず》けて、鮟鱇《あんこう》を横《よこ》ざまに、胸一杯《むねいっぱい》に腹《はら》をかえして、両手《りょうて》で重量《おもみ》をこたえながら、
音「馬鹿《ばか》を云《い》うもんでねえ。故《わざ》っと明《あかる》い処《とこ》へ出《で》て、盗賊《どろぼう》する奴《やつ》があるもんか。

おまけに何《なん》だぜ、こう見《み》た処《ところ》は安達《あだち》が原《はら》だぜ。このふくらんだ処《ところ》を見《み》ろ、裸《はだか》に剥《む》いた仰向《あおむ》けだ、——の腹《はら》を裂《さ》くだね、はあ、何《なん》と凄《すご》かんべい。」

と嵩《かさ》にかかって、魚《さかな》の腹《はら》に、頬《ほっ》ぺたを押《お》っつけて、
音「むう、白《しろ》やかで暖《あったか》い。」

吉「喰《く》い破《やぶ》りそうな事《こと》をする。ええ、見《み》せえ、主《ぬし》が口《くち》さ耳《みみ》まで裂《さ》けたようでねえか。」

と独《ひと》りで言《い》って恐《おそ》ろしがる。

音「どりゃ仕事《しごと》に、」

と故《わざ》と思入《おもいい》れ、縄《なわ》をさげてぬいと立《た》つ。

音「十八九という処《ところ》だ、ははは、」
と高笑《たかわら》い。かさかさと提《さ》げて出《で》て、笊《ざる》の蓋《ふた》にだふりと畝《くね》らし、筒袖《つつそで》をぐいと揚《あ》げた、二《に》の腕黒《うでくろ》く、摑《つか》み手《で》に構《かま》えて見《み》せ、
音「やがて、鮮血《なまち》が、」
と心持震《こころもちふる》えていそうな吉《きち》を見遣《みや》って、
音「ああ、どこかで糸《いと》を繰《く》る音《おと》がする。」

五

音「様《ざま》あ、駈《か》け出《だ》すやい、腰抜《こしぬ》けい。」
街道《かいどう》の並木《なみき》がくれに、汽車《きしゃ》ばしりの吉《きち》が影《かげ》、一散《いっさん》に遁《に》げ出《だ》した時《とき》ばかりは、初鰹《はつがつお》を担《かつ》いだもののようであった。
音「とうとう見《み》えなくなりやがった、十町一《じっちょうひと》のしだ、何《なん》の遁《に》げずともの事《こと》を。」
　とおっかけそうな身体《からだ》の構《かまえ》で、その天秤《てんびん》の傍《そば》を未《ま》だ離《はな》れなかった、音吉《おときち》は、見送《みおく》り果《は》てたが、気抜《きぬ》けがしたよ

うな様子《ようす》。筋《すじ》を入《い》れた腕《うで》を忘《わす》れて、何《なん》となく四辺《あたり》が見《み》られた。

一人《ひとり》に成《な》ったことに心《こころ》づくと、自分《じぶん》とても、二人《ふたり》の時《とき》ほど、豪傑《ごうけつ》では無《な》かったのである。

音「何《なん》の去《い》っちまわねえだって可《い》いものをよ。」

と思《おも》わず拍子《ひょうし》ぬけの溜息《ためいき》をすると、言《い》うまでもない一《いち》里塚《りづか》。前《まえ》には五体《たい》の石仏《いしぼとけ》、榎《えのき》が上《うえ》に押《おっ》かぶさった、下《した》に誰《たれ》のやら分《わか》らぬような、重《かさ》ねた笊《ざる》にたてかけた天秤棒《てんびんぼう》。

縄《なわ》がたるんで蓋《ふた》の上《うえ》に——ああ、詰《つま》らぬことを言《い》わねばよかった。尋常《じんじょう》にその膨《ふく》らかな腹《はら》をのけざまに、なよなよと尾《お》を垂《た》れて、屠《ほふ》る手《て》を待《ま》つ状《さま》なるが、俎《まないた》を余《あま》った頭《かしら》は、白《しろ》ずんだ咽喉《のど》を突張《つっぱ》って、覚悟《かくご》して首垂《うなだ》れた風情《ふぜい》はなく、もの言《い》いたげに顎《あご》を張《は》って、裂《さ》けるが如《ごと》く目《め》を睜《みは》った、大《おお》いなる魚《うお》の目《め》の艶《つや》は、実際猫《じっさいねこ》のそれよりも輝《かがや》くのである。その大《おお》きな目《め》がまた意地悪《いじわる》く目《め》について、見《み》まいとしても月《つき》の隈《くま》に、動《うご》かぬ光《ひかり》が据《すわ》ったように瞳《ひとみ》を射《い》る。

思《おも》わず熟《じつ》と見入《みい》っていると、くるくると動《うご》く。

ぎょっとして、傍《そっぽ》を向《む》いたが、動《うご》くは鮟鱇《あんこう》の目《め》のみでない。

石仏《いしぼとけ》の五《いつ》つの姿《すがた》も、榎《えのき》の枝《えだ》も、馬《うま》の沓《くつ》も、行方《ゆくえ》遥《はるか》に小《こ》山《やま》にかかる一幅《ひとはば》の明《あか》るい夢《ゆめ》のような街道《かいどう》も、彳《たたず》むものの爪《つま》尖《さき》も、ぶるぶると、描《えが》いた水《みず》の線《せん》の如《ごと》く微《かす》かに揺《ゆ》れるのは、どこからともなく寒《さむ》さがここに渡《わた》るので、こんな時《とき》、月《つき》の光《ひかり》が風《かぜ》に染《し》みて、刻《きざ》々な霜《しも》を拵《こしら》える。

その見《み》えない霜《しも》を、音吉《おときち》は口《くち》を開《あ》けて、咽喉《のど》へ吸《す》って悚然《ぞっ》とした。

音「おお、寒《さむ》い。」

一層《いっそ》止《や》めようか……

と思《おも》ったけれども、このままにして建場《たてば》まで駈《か》けつけるか。婆《ばばあ》が店《みせ》で、吉《きち》に逢《あ》うと、彼奴《あいつ》が又《また》、温《あたたか》い飯《めし》を喰《くら》って、気《き》の強《つよ》くなった処《ところ》、今《いま》までの遣《や》っ返《かえ》しに、叩《たた》き潰《つぶ》して黒焼《くろやき》にして弱虫《よわむし》にして道中《どうちゅう》すがら売《う》られよう。

それも口惜《くやし》い。

ここはどうでも鮟鱇《あんこう》の腹《はら》と、おらが肝《きも》をば釣《つり》かえにすべきである。

と茫乎物思《ぼんやりものおも》う額《ひたい》へ、ひやり。

「あっ、」と云《い》う頸許《えりもと》から腰《こし》を伝《つた》って、かさかさと月夜《つきよ》を一枚《いちまい》、足許《あしもと》が、深《ふか》い谷《たに》ででもあるように沈《しず》んで落《お》ちた。

落葉《おちば》も、友《とも》を誘《さそ》って、ぱらぱらと舞《ま》って、颯《さつ》とこぼれて、いつどこへやらなくなるようなのは、掻撫《かいな》でのざらだけれども、梢《こずえ》にも枝《えだ》にも星《ほし》の数《かず》よりまばらになるまで、二葉三葉枯残《ふたはみはかれのこ》っているのも、ただものではない。

音「ええ、何《なん》だい。」

と叱言《こごと》をいうような、得《え》いわぬような、音吉《おときち》は自分《じぶん》を叱《しか》るように、ぶつぶつ……烈《はげ》しく一《ひと》つ横《よこ》にその顱巻《はちまき》を引《ひっ》擦《こす》った。

音「ままよ、」

と、魚《さかな》の腹《はら》に望《のぞ》むと、余《あんま》りよく、誂《あつら》えたように笊《ざる》の蓋《ふた》に乗《の》っていて、待《ま》ちかまえているらしい。天秤《てんびん》の、いい工合《ぐあい》に畷《なわて》の真中《まんなか》に荷《に》によっかかって、所在《しょざい》なさそうに見《み》

えるのも、自分《じぶん》が為《し》た事《こと》ながら、誰《たれ》かが……誰《たれ》かが……

六

それでも、がむしゃらに思切《おもいき》った。音吉《おときち》は血気《けっき》だから、一番取《いちばんと》っ組《く》む気で、片手《かたて》で仰向《あおむ》いた鮟鱇《あんこう》の、腹《はら》の下《した》あたりを圧《おさ》えつつ……

こうまで力《ちから》を入《い》れるには当《あた》らないのだけれども、何《なん》だか、出逢《であ》った敵《かたき》のような気《き》がしたので、一生懸命《いっしょうけんめい》。

ぬめりと滑《なめら》かな、そして蒼白《あおじろ》い、水紅色《ときいろ》の環《わ》を環取《わど》って柔《やわら》かな顋《あご》の透《すき》へ、矢庭《やにわ》に差入《さしい》れんとした手首《てくび》が震《ふる》えた。

上《うわ》ずって腕《うで》が硬《こわ》く成《な》ったのである。

恐《おそろ》しい淵《ふち》へ飛込《とびこ》むと思《おも》ったが、目《め》を眠《ねむ》ったのである。

女「痛《いた》いよ。」

トタンに耳《みみ》の底《そこ》へ、遠《とお》い、遥《はるか》な処《ところ》で言《い》ったように聞《きこ》えたので、ハッと思《おも》うと目《め》が開《あ》いた。音《おと》の右手《みぎて》は、手首《てくび》を籠《こ》めて魚《さかな》の顋《あご》へ入《はい》っていた。

しゃにむにその手《て》に搦《から》まった、腸《はらわた》を曳出《ひきだ》そうと殆《ほとん》ど夢《む》中《ちゅう》に引摑《ひっつか》む。

女「徐《そっ》と、」

と再《ふたた》び、今度《こんど》はどこでか谺《こだま》がすると思《おも》ったほど、判然《はっきり》と聞《きこ》えたのである。

飛上《とびあが》るほどに、慌《あわ》てて引《ひ》くと手《て》が動《うご》かぬ。

「曳《えい》、」と曳《ひ》くのと、腕《うで》がしびれたのと、掌《たなそこ》に余《あま》ったのを放《はな》したのと、無性《むしょう》に手《て》を振《ふ》ったのと、地蹈鞴《じだんだ》を蹈《ふ》んだのと恰《あたか》も同時《どうじ》で。

地《つち》へたたきつけたものから、むらむらといきれが立《た》った、生暖《なまあった》かい、咽《む》せるような、湯気《ゆげ》の如《ごと》き白気《はっき》一団《いちだん》。

脈々《みゃく》として空《そら》ざまに、宙《ちゅう》で揺《ふ》る音吉《おときち》の肩《かた》を籠《こ》めて、やがて咽喉《のど》をせめて、頰《ほお》を伝《つた》い、面《おもて》を打《う》って、目《め》を包《つつ》んだ。「わい、」と反《そ》って、矢鱈《やたら》に摑《つか》んで両手《りょうて》で目《め》のあたりを掻《か》きのめしつつ、くるくると廻《まわ》った。が、苦《くる》しく一呼吸《ひといき》

ついた時《とき》、榎《えのき》を中《なか》に、両方《りようほう》へ、朦《もう》々として真白《まつしろ》な濃《こ》い雲《くも》の、八九間《けん》、障子《しようじ》の如《ごと》く連《つらな》って、立迷《たちまよ》っているのを発見《みだ》したのである。

唯狭霧《たださぎり》の中《なか》に巻《ま》かれた如《ごと》く、蜘蛛《くも》の囲《い》に包《つつ》まれた如《ごと》く、懵然《もうねん》として、身動《みうご》きもならず視《なが》めていると、その両方《りようほう》から、少《すこ》しずつ薄《うす》らいで、段《だん》々に、田《た》の果《はて》へ消《き》えるのか、身《み》のまわりへ迫《せま》るのか、次第《しだい》に端《はし》ぼかしに真中《まんなか》が濃《こ》くなって、やがてこのあたりには見《み》も馴《な》れぬ、一本《ひともと》の柳《やなぎ》をふっくりと包《つつ》んだらしい、ものの姿《すがた》が、すらりと傍《かたわら》に纏《まと》まった。

ト被《かつぎ》がすべった風情《ふぜい》、颯《さつ》と霽《は》れた、積《つも》った雪衣《せつい》の落《お》ちたのは、地《ち》の下《した》に入《はい》ったろうか、それとも中空《なかぞら》へ飛《と》んだろうか、折《おり》から月《つき》の傍《かたわら》に、梢《こずえ》を刷《は》いて薄雲《うすぐも》が渡《わた》ったのである。

扨《さ》てその彳《たたず》んだ姿《すがた》のままに、霞《かすみ》を分《わ》けた柳《やなぎ》の葉《は》、影艶《かげつや》やかにはらはらと黒髪《くろかみ》を丈《たけ》に乱《みだ》して、枝《えだ》ぶり映《うつ》る月《つき》の隈《くま》を、衣《き》もののひだになよやかな、薄色衣《うすいろぎぬ》の腰細《こしほそ》う、頸《うなじ》、

耳許《みみもと》、頰《ほお》のあたり真白《ましろ》に俤《おもかげ》に立《た》ったる美女《たおやめ》。撫肩《なでがた》のありや、なしや。袖《そで》を両脇《りょうわき》に搔垂《かいた》れたが、その時《とき》、ほろほろと衣紋《えもん》が解《と》けて、雪《ゆき》の乳房《ちぶさ》の漏《も》れたと見《み》ゆる、胸《むね》のあたりで美《うつく》しい、つつましげな両《りょう》の手首《てくび》を開《ひら》くと、鳩尾《みずおち》かけて姿《すがた》を斜《なな》めに、裳《もすそ》を寛《ゆる》くはらりと捌《さば》いた、褄《つま》をこぼれて、袂《たもと》にからんで、月《つき》にも燃《も》ゆる緋縮緬《ひぢりめん》。

頸《うなじ》を傾《かたむ》け、月《つき》に向《むか》える、玉《たま》の顔《かんばせ》、眉《まゆ》を開《ひら》いて、恍惚《うっとり》と目《め》を眠《ねむ》ったまま、今《いま》ほころびた花《はな》かとばかり、得《え》ならぬ薫《かおり》はっと散《ち》って、ホと小《ちい》さく、さも寛《くつろ》いだらしく伸《のび》をした。

その目《め》をぱっと鈴《すず》のよう、清《すず》しき瞳《ひとみ》を見向《みむ》けたが、丹花《たんか》の朱唇《くちびる》愛々《あい》しく、二十《はたち》を越《こ》した年《とし》ごろながら、処女《むすめ》のようにふっくりと、下《しも》ぶくれなのが笑《えみ》を含《ふく》んで、熟《じっ》と天窓《あたま》から視《なが》めたので。

大入道《おおにゅうどう》なら破《やぶ》れかぶれ、齧《かじ》りつきもしたであろう、音吉《おときち》は唯《ただ》へとへとと腰《こし》が崩《くず》れて、ベッたり尻餅《しりもち》。

顱巻天窓《はちまきあたま》を伏目《ふしめ》に見《み》て、美女《たおやめ》は、昔《むかし》から馴染《なじみ》らしい、打解《うちと》けた笑顔《えがお》で莞爾《にっこり》。

ちょうど一年後の満月の夜。田越川。
釣りをする音吉と七親仁。（校訂記）

七

音「ええ、何《なん》だね、ぐッ、ぐッ、ぐ、鳴《な》いてるのは、——川底《かわそこ》へ泡《あわ》さ立《た》つような、はああ、汐《しお》が引《ひ》くだかな。」

と言《い》う声《こえ》の汐《しお》も退《ひ》いて、音吉《おときち》は（その時《とき》、——）と同《おな》一皎《じこう》々たる一帯潮入《いつたいしおいり》の小川《おがわ》の月夜《つきよ》、田越《たごし》にそよぐ蘆《あし》の中《なか》に、沢蟹《さわがに》のような踞《しやが》み工合《ぐあい》。向《む》う顱巻《はちまき》に結目《ゆいめ》を立《た》てて、目《め》を円《まる》くして黙《だま》った。

傍《かたわら》にぬいと立《た》つ、二抱《ふたかかえ》ほどの大《おお》きな姿《すがた》は、月夜《つきよ》に拡《ひろ》がった影《かげ》ではない、一人《ひとり》の親仁《おやじ》の、天窓《あたま》からすっぽりと霜《しも》を被《かつ》いだ夜具《やぐ》である。

手足《てあし》とともに、からびた声《こえ》して、

七「どれ、その畚《びく》を一寸見《ちよつとみ》せろよ、序《ついで》に実検《じつけん》さしてやるだ。」

音「沢山《たんと》は無《ね》えだよ。」

音《おと》は蘆《あし》の根《ね》に手繰《たぐ》ってある、ずぶ濡《ぬれ》の投網《とあみ》の下《した》から、

真黒《まっくろ》な畚《びく》を釣《つ》ると、ほたほたと枯葉《かれは》ずれ、寒《さむ》さに堅《かた》いような雫《しずく》の音《おと》。小夜具《こやぐ》の袖《そで》から大《おお》きな手《て》で、ぐいと取《と》った、親仁《おやじ》は鼻《はな》の尖《さき》で、ざらざらと振《ふ》って透《す》かして見《み》て、

七「はあ、鯊《はぜ》の馬鹿野郎《ばかやろう》を二疋《ひき》か、海津《かいず》が一《ひと》つな。」

と、も一《ひと》つ傾《かたむ》けて振《ふ》ると、ぐッぐッぐッぐッ、この寂《しん》とした中《なか》に呟《つぶや》くものあり。

七「これだ。ここにはらんばいに成《な》ってござる、このもろ鯵《あじ》めが腹《はら》で鳴《な》くだ。」

音「もろ鯵《あじ》が鳴《な》くだとね。へい、もう魚《さかな》の腹《はら》に文句《もんく》のあるのは禁物《きんもつ》だよ。」

と薄寒《うすさむ》そうな苦笑《にがわら》い。

七「そのしみったれな了簡《りょうけん》だ。一里塚《いちりづか》で魔《ま》が魅《さ》したも無《む》理《り》はねえ。又《また》もろ鯵《あじ》の鳴《な》くことも知《し》らねえような素人《しろうと》の癖《くせ》に、何《なん》だって、鮟鱇《あんこう》の臓物《ぞうもつ》を狙《ねら》ったり、一人《ひとり》で網打《あみうち》になんぞ出《で》かけるだえ。道理《どうり》こそ、宵《よい》からかかって、蚯蚓《みみず》のような小魚《こざかな》が三《み》つ四《よ》つ。あとは畚一杯《びくいっぱい》になって渡《わた》り蟹《がに》の大《おお》きいのが、藻屑《もくず》の生《は》えた大鋏《おおばさみ》を、ト構《かま》えてござる。

投網《とあみ》で蟹《かに》を打《う》って、大事《だいじ》に畚《びく》へ入《い》れるようじゃ、ともづりで蜻蛉《とんぼ》の方《ほう》だ。

ええ、音《おと》。」

音「あいよ。」

七「お不動様《ふどうさま》の窟《いわや》の下《した》から、新宿《しんじゆく》の波打際《なみうちぎわ》な、鳴鶴《なきづる》が浜《はま》の川尻《かわじり》、この田越川《たごしがわ》をかけて網《あみ》を打《う》つなら、兎《と》も角《かく》も一《いっ》遍《ぺん》は、伊澤様御別荘《いざわさまごべっそう》の、この七親仁《しちおやじ》に断《ことわ》って呉《く》れ。

二十代《はたちだい》の若《わか》いものが、夜中《よなか》に霜《しも》が降《お》りればとって、何《なん》だ、その長股引《ながももひき》に草鞋《わらじ》はよ。

気《き》の利《き》かねえ居候《いそうろう》が、大掃除《おおそうじ》の溝《どぶ》さらいというもんだ、裸《はだか》で遣《や》れ。

泳《およ》いで手捕《てづかま》えにする心懸《こころが》けでなくっちゃ、思《おも》うように網《あみ》は打《ぶ》てねえ。泡《あわ》あ喰《く》った烏賊《いか》じゃなし、長股引《ながももひき》で泳《およ》げるかい、芸《げい》もねえ。」

音「むむよ、だからよ、何《なん》だな、おらが父爺《ちゃん》も同一《おんなじ》ようなことを言《い》って遣込《やりこめ》るよ——

(その時《とき》、)も矢張《やっぱり》……密《そっ》と網《あみ》を背負《しょ》って出《で》て、九時《じ》

が過《す》ぎても一尾《ぴき》もかからねえだで、茫乎帰《ぼんやりかえ》るか、丁《ちょう》ど父《ちゃ》爺《ん》め二合半煽《こなからあお》って、炉《ろ》ばたに大胡坐《おおあぐら》で昔自慢《むかしじまん》の潮先《しおさき》だもの。空畚《からびく》を提《さ》げて網《あみ》をびしょびしょと遣《や》った日《ひ》にゃ、天《あた》窓《ま》からこかされて、こっそり夜具《やぐ》を被《かぶ》っても、蒲団《ふとん》の上《うえ》で幅《はば》の利《き》かねえったらねえからな。唐突《だしぬけ》に手柄《てがら》をして、小遣三貫《こづかいさんがん》な処《とこ》見《み》せて呉《く》れうと、そこではあ、新宿《しんじゅく》さおしかけて、網元《あみもと》から横浜《はま》ゆきを一荷貰《いっかもら》って、吉《きち》の奴《やつ》とつるんで出《で》かけた鮟鱇《あんこう》だがね。

おらあ、真個《ほん》のこった。目《め》の前《まえ》にぶらさがっているのさ見《み》て、はじめの内《うち》は、なぞこう腹《はら》が太《でか》かっぺいな、と思《おも》っただよ。

それがお前《めえ》。」

と呼吸《いき》をつく。

七「むむ、待《ま》ちなよ。余《あんま》り不思議《ふしぎ》だで、一概《いちがい》に嘘《うそ》っぱちだとも思《おも》われねえだ。真個《まったく》だら、はい、七親仁《しちおやじ》だとて抜《ぬ》きかねえさ。――われ、腰《こし》さ抜《ぬ》いて、それから、どうした。」

八

音「七親仁《しちおやじ》、聞《き》かっせえ——
真個《まったく》のこったが、下《した》っ腹《ぱら》ががっくりすると、筋《すじ》がへとへとになったようだ。腰《こし》に他愛《たわい》がなく抜《ぬ》けただがね、はあ、恥《はじ》も外聞《がいぶん》も何《なに》もねえだ。」

七「当前《あたりめえ》よ。肝《きも》さ盗《ぬす》んで、馬《うま》の沓《くつ》へし込《こ》んで置《お》こうと思《おも》った鮟鱇《あんこう》の腹《はら》の中《なか》から、そんな別嬪《べっぴん》さ摑《つか》み出《だ》して、それで取組《とっく》み合《あ》ったとか、退治《たいじ》たとか、われが恥《はじ》や外聞《がいぶん》のあるような話《はなし》なら、誰《だれ》が真《ま》に受《う》けて聞《き》いていべい。……腰《こし》い抜《ぬ》いたで、承知《しょうち》するだ。」

音「へへ、そうまで言《い》ってくんなさることもねえ。」
と、親仁《おやじ》が放下《ほか》した畚《びく》の中《なか》を、人指《ひとさし》ゆびで突《つつ》いて悄《しょ》げる。

七「だってよ、おらだって抜《ぬ》くべいと、附合《つきあ》っているだから可《い》いでねえか、わればかり抜《ぬ》くとは言《い》わねえ。」

音「誰《だれ》が抜《ぬ》いたって、余《あんま》り可《い》い図《ず》では無《ね》えだからな。」

七「可《い》いわ、それから、われどうしただ。」

音「ああ、そうやって——莞爾《にっこり》してな——そしてお前《めえ》、真紅《まっか》なのをちらちらと、」

七「はあ、舌《した》を出《だ》したか。」

音「ううむ、裾《すそ》だよ。何《なに》も見得《みえ》を言《い》うじゃねえけんど、そんな、ももんがあで、舌《した》を突出《つんだ》すような甘術《あまて》な奴《やつ》なら、おらだって咽喉笛《のどぶえ》へ喰《く》いつくだよ。」

七「いや、この方《ほう》が可恐《おっかな》かっぺい。」

音「粋《いき》で高等《こうとう》とやらで、はあ、神様《かみさま》のような、気高《けだか》いだ。
それからな、その、髪《かみ》さ捌《さば》いた、取乱《とりみだ》した姿《すがた》で、裾《すそ》さ、ちらちらとお前《めえ》、足《あし》なんぞ雪《ゆき》のように、白《しろ》いことは、人《にん》間《げん》にかわりはねえだ。二足《ふたあし》、三足《みあし》、おらが方《ほう》へ寄附《よっつ》くのだから、唯《ただ》もう、やたらにお辞儀《じぎ》をした。」

◉回想 ——音吉《おときち》は脛白《はぎしろ》く蓮歩《れんぽ》を移《うつ》した美女《たおやめ》の前《まえ》に、這《は》い廻《まわ》って、石仏《いしぼとけ》の五体《ごたい》に五度《いつたび》、榎《えのき》に一度《いちど》、馬《うま》の沓《くつ》の数《かず》ばか

り、夢中《むちゅう》になって拝《おが》んだのであった――

音「そのうちに何《なん》か云《い》った、その別嬪《べっぴん》が何《なん》か云《い》ったがな、おらに、（どこへおいでだえ）って云《い》うように聞《きこ》えただ。（なぜ、孕婦《はらみおんな》のようだなんて、魚《さかな》の腹《はら》を抉《えぐ》った。）とでもいわれりゃ、一《いち》も二《に》もなく天窓《あたま》から塩《しお》だんべいで、耳《みみ》がぐわんと成《な》って聞《きこ》えごとはなかっただけれど、行《ゆく》さきを尋《たず》ねるだから、新宿《しんじゅく》の浜《はま》で取《と》れた魚《さかな》さ荷《にな》って、これから山越《やまごえ》に横浜《はま》まで参《まい》ります、とな、返事《へんじ》ぶったように思《おも》っただが、声《こえ》が出《で》たかどうだかな、自分《じぶん》にも分《わか》らねえだ。魔物《まもの》は見透《みとお》しだ。それとも、聞《き》き取《と》っただか、どうだか知《し》んねえ。

女（私《わたし》を一所《いっしょ》に連《つ》れておいで。）

女（夜《よ》の明《あ》けぬうちに、早《はや》く。）と、あるだね。

悪《わる》くすると、そうやって、腰《こし》が地《じ》へ附着《くっつ》いている内《うち》に、首《くび》さ、榎《えのき》の梢《こずえ》へ抜《ぬ》け上《あが》って、ばたばた手足《てあし》を捥《もが》いている自分《じぶん》の身体《からだ》を、高《たか》い所《とこ》から瞰下《みお》ろされうも知《し》んねえだに、連《つ》れて行《い》けは耳《みみ》よりだよ。

せめて、一里塚《いちりづか》抜《ぬ》け出《だ》すだけでも、呼吸《いき》が吐《つ》けると踏《ふん》張《ば》って、背中《せなか》を荷《に》にして腰《こし》い切《き》ったが。

後生《ごしょう》になるから、一人《ひとり》でさっさと遁《に》げて行《ゆ》け、と言《い》って呉《く》れれば、と思《おも》ったのが、そうも行《い》かねえ。

荷縄《になわ》をかけ直《なお》すのを、傍《そば》に立《た》って見《み》てござるだ。

鮟鱇《あんこう》は血《ち》だらけになって、馬《うま》の沓《くつ》の中《なか》さ落《お》ちていたよ。

おら、又《また》、頭《あたま》の頂辺《てっぺん》から慄然《ぞっ》としたい。

それを、はあ、拾《ひろ》い取《と》りに擡《もた》げる時《とき》は、何《なん》だか知《し》んねえ、徐《そっ》と、別嬪《べっぴん》の顔《かお》さ覗《のぞ》いただね。」

七「ふん、そこで物凄《ものすご》く睨《にら》んだか。」

音「何《なに》、矢張《やっぱり》、ただ人間《にんげん》の、極《ごく》しとやかな、柔和《にゅうわ》な、思《おもい》やりのある風《ふう》で、莞爾《にっこり》と笑《わら》っていっけ。

何事《なにごと》も、承知《しょうち》の上《うえ》、堪忍《かんにん》して置《お》くわ、私《わたし》は優《やさ》しいよ、と云《い》ったような顔色《かおつき》で、鷹揚《おうよう》に見《み》えただよ。七親仁《しちおやじ》。」

九

霜《しも》は満《み》ち布《し》けど、月《つき》の光《ひかり》が掻消《かきけ》す状《さま》の、いい知《し》れぬものありて、その間《あいだ》を隔《へだ》つるや、傾《かたぶ》きながら遠《とお》いような、大空《おおぞら》を蘆《あし》から仰《あお》いで、

音「矢張《やっぱり》、こんな月《つき》だっけな。一里塚《いちりづか》を出《で》てから、はあ、街道《かいどう》へかかっただが、並木《なみき》の松《まつ》も、あれから山《やま》へかけて段《だん》々疎《まば》らに成《な》るだから、風《かぜ》がなくっても吹通《ふきとお》すわ。

それに、又《また》おらが急《いそ》いで歩行《ある》くだから、はらはらと裾《すそ》袂《たもと》の音《おと》がして、その別嬪《べっぴん》がな、人懐《ひとなつか》しそうに、おらと附《くっ》着《つ》いて跣足《はだし》だね。

榎《えのき》さ背後《うしろ》から押《おっ》かぶさっていた時《とき》は、葉《は》は無《ね》えだが幹《みき》の影《かげ》が俤《おもかげ》に添《そ》ったっぺい。地面《じびた》へ腰《こし》を抜《ぬ》いたおらが目《め》には、猶《なお》の事《こと》、大《おお》きな脊《せ》の高《たか》い上﨟《じょうろう》に見《み》えたっけが、こうして見晴《みはら》しを並《なら》んで歩行《ある》けば、小柄《こがら》な婦《おんな》じゃねえけんど、それでもおらが見《み》て肩《かた》ぐれえだ。

それに又《また》、さし当《あた》り鬼《おに》にも蛇《じゃ》にも化《ば》けそうにも為《し》ねえだから、夜《よ》の明《あ》けるまでこのまんまなら何《なん》の事《こと》はねえ。些《ちく》と中年増《ちゅうどしま》のお嬢様《じょうさま》だ。

でもよ、おらが妹《いもうと》とでも道《みち》づれで行《ゆ》くように、口《くち》い利《き》ける義理《ぎり》でねえから、黙《だんま》りで急《いそ》いだが、時々《とき》密《そっ》と窃《ぬす》むようにして、横目《よこめ》でちらりと見《み》る度《たび》に、唯慄気々々《ただぞくぞく》と足《あし》まで染《し》みるのは、その妖艶《あでやか》さよ。

だがね、七親仁《しちおやじ》。

それだけなら、何《なに》も変《かわ》った事《こと》はねえだけれど、どうも真個《ほん》ものの人間《にんげん》でねえことがあった。」

七「ちらちらと尾《お》が見《み》えたか。」

と七親仁《しちおやじ》は夜具《やぐ》の袖《そで》に肱《ひじ》を極《き》めた、両《りょう》の手《て》を頬杖《ほおづえ》で、交《ま》ぜ返《かえ》しつつ真面目《まじめ》で聞《き》く。

音「馬鹿《ばか》いうもんでねえ、尻尾《しっぽ》をつかまえられるような、そんな化状《ばけざま》ではねえと云《い》うに。

そのな、変《かわ》ったことと云《い》うのは、処々《ところ》で、ふらふらと

おらが目《め》に入《い》った、大勢《おおぜい》、その別嬪《べっぴん》のお供《とも》をするのが、月影《つきかげ》に露《あら》われただよ。」

七「お供《とも》がな。」

音「むむ、はじめ気《き》がついた時《とき》は、おら、一里塚《いちりづか》の石《いし》仏《ぼとけ》さ、あのなりで、五体《たい》、ぞろぞろとついてござったかと思《おも》ったい。二度目《どめ》に気《き》がついた時《とき》は、もっと人数《にんず》が多《おお》かった、ものの十四五人《にん》も居《い》つらうか。

そしてな、皆《みんな》……婦人《おんな》の姿《すがた》だったぜ。」

七「奇代《きたい》だな、すると魔物《まもの》の頭《かしら》かな。」

音「何《なん》だか知《し》んねえ、皆《みん》な、こうやって、」

と音吉《おときち》は手《て》を籠《こ》めて、ぐっと肩《かた》を狭《せば》うして、袖口《そでくち》を引《ひき》合《あ》わせ、

音「月《つき》が寒《さむ》いから袖《そで》の下《した》さ手《て》を入《い》れて、背中《せなか》から前途《むこう》の方《ほう》へ、さっさっと、裾《すそ》がからんで吹《ふ》く風《かぜ》よ。前《まえ》へうつむくようにして歩行《ある》いてござる。背後《うしろ》へずらりと一人《ひとり》ずつ、

残《のこ》らず同《おな》じ寸法《すんぽう》の婦《おんな》の姿《すがた》よ。袖《そで》を抱《だ》いた、袂《たもと》の長《なが》い、矢《やっ》張裳《ぱりすそ》が靡《なび》いてな、些《ちく》とも違《ちが》わねえように、揃《そろ》って、前《まえ》へ俯向《うつむ》いたが、唯変《ただかわ》ってるのは、おらが連《つ》れのは髪《かみ》を下《さ》げたに。

あとへ続《つづ》いたのは島田髷《しまだまげ》よ、それも草束《くさたば》ねという奴《やっ》だ。黒《くろ》くねえ、衣《き》もののも髪《かみ》も同《おな》じ色《いろ》で、姿《すがた》だって、はあ、とんと薄墨《うすずみ》の一筆《ひとふで》がきで、と遣《や》ったようだ。初中《いっ》でも見《み》えたと云《い》うではねえがね。

それが、露《あら》われる時《とき》は、さらさらと音《おと》がして、裾《すそ》や、袂《たもと》のゆれるのが、紙子《かみこ》で拵《こしら》えたかと思《おも》う気勢《けはい》よ。

その十四五人《にん》が、ずらりと並《なら》んだ時《とき》もありゃ、五人《にん》ぐれえずつ、ふわふわと二側《ふたかわ》になった時《とき》もあったし、三側《みかわ》に揃《そろ》って、列《れっ》さ短《みじか》くした時《とき》もありな。ひょっとかすると、前《まえ》の別嬪《べっぴん》に知《し》れねえように、二人《ふたり》ずつ、密《そっ》と顔《かお》らしい上《うえ》の方《ほう》のぼやっと白《しろ》いものを差寄《さしよ》せて、何《なに》か囁《ささや》いたらしい折《おり》もあった。

そら、出《で》た、また見《み》える。で、それにばかり気《き》を取《と》られて、大分《だいぶ》が道《みち》を歩行《ある》いたが、おまけに、それが、高《たか》い所《ところ》に出《で》たり、ずっと低《ひく》く成《な》ったりなんかして、……いつでも、西《にし》か、東《ひがし》か、右《みぎ》か、左《ひだり》か、屹《きっ》と街道《かいどう》の両方《りょうほう》の路傍《みちばた》へあらわれるのを、よくよく気《き》をつけて見《み》ると、葉《は》が枯《か》れて白《しろ》くなって、寒《さむ》そうに立《た》っている、唐黍《とうもろこし》のおばけだったぜ。」

十

七親仁《しちおやじ》声高《こわだか》に、

七「馬鹿野郎《ばかやろう》、大方《おおかた》そんな事《こと》だと思《おも》った。」

音「そういうがね、ここでこそそういうがね。その場合《ばあい》に差当《さしあた》って見《み》せえ、唐黍《とうもろこし》のお化《ばけ》だぐれえで澄《す》ましていられるわけではねえだよ。何《なん》だってお前《めえ》、その、通《とお》り魔《ま》さ行《い》くにつけて、道筋《みちすじ》の非情《ひじょう》のものに魂《たましい》さ入《はい》るだで。おかしな事《こと》は、そればかりでねえ。

芋茎《ずいき》の葉《は》がな、また変《へん》だったぜ。
処々《ところ》の物蔭《ものかげ》や、枯草《かれくさ》の明《あか》みへ、黒《くろ》いんだの、白《しろ》いんだの、ひらひらと、あのさ、顱破《はちわ》れで尻《しり》っこけの、しゃくんだ長《なが》い面《つら》さ出《だ》すと、浮出《うきだ》したような目口《めくち》が出来《でき》てな。こちらを向《む》いては、はい、好色《すき》ったらしそうに、おらを嬲《なぶ》るのか、姉様《あねさま》を視《なが》めるか、目尻《めじり》を下《さ》げちゃ、にたりにたり、」

七「呀《や》、そいつは厭《いや》だ。」
と参《まい》ったように、夜具《やぐ》の中《なか》で頸《うなじ》を窘《すく》める。

音「な、それだもの、楽《らく》でねえ。月夜《つきよ》をちらちらと雲《くも》が走《はし》るように目《め》につくからな、追立《おつた》てられるように急《いそ》ぐだで、途中《みち》すがら汗《あせ》びっしょり。
小休《こやす》みをしようにも、お前《めえ》、慄然《ぞっ》とするのが附《つ》いてござるで、堪《たま》らねえじゃなかろうか。
すたすた夢中《むちゅう》よ。

女（沢山《たんと》来《き》たことねえ、）
って婀娜《あだ》な声《こえ》で言《い》ったんで、又耳《またみみ》がカンとして月夜《つきよ》に

響《ひび》いた。

おら、お前《めえ》、吃驚《びっくり》して立停《たちど》まった。

気《き》が附《つ》くと、はい、もう能見堂《のっけんどう》の山道《やまみち》さ半分《はんぶん》が処上《とこあが》っているだ。道理《どうり》こそ、先刻《さっき》から時《とき》々手足《てあし》が蔭《かげ》になった、おら目《め》が眩《くら》むのだと思《おも》ったに。

了《しま》ったい、ええ、お前《めえ》、難船《なんせん》の島蔭《しまかげ》と、一里塚《いちりづか》から手《た》繰《ぐ》りつけるように当《あて》にしていた、そら、坂《さか》の根《ね》っこの建《たて》場《ば》さ、早《は》やいつの間《ま》にか通《とお》り過《す》ぎた。

旨《うま》く行《い》きゃ、先《さき》ばしりの利七《りしち》も甚太《じんた》も未《ま》だいよう。婆《ばあ》様《さま》が軒《のき》の柿《かき》の枝《えだ》さ見《み》つけるを合図《あいず》に、妖物《ばけもの》だ！とか何《なん》とかいって、遠《とお》くから怒鳴《どな》ろうと、それを力《ちから》に喘《あえ》いだに、何《なん》のこった。

吉《きち》の臆病《おくびょう》、今頃《いまごろ》は大根葉《だいこっぱ》の新漬《しんづけ》で炊立《たきた》ての飯《めし》を食《く》っていよう。焚火《たきび》さ踏跨《ふんまた》いで、利七徒《りしちであい》が飲《の》んでるか、ふかふかと湯気《ゆげ》の立《た》つ汁《しる》もあんべい。あの店さ、お縫《ぬ》い坊《ぼう》も起《お》きていべい、と一時《いっとき》に思《おも》い出《だ》すと、赫《かっ》と逆上《のぼ》せて、はあ、

へとへとと腹《はら》が空《す》いて、げんなりだ。」

七「そこで、又腰《またこし》を抜《ぬ》いたな。」

音「むむ、まあ抜《ぬ》いたかも知《し》んねえが、芬《ぷん》と、はあ、蘇《よみ》生《がえ》るような佳《い》い薫《かおり》がした。

魔《ま》ものの身体《からだ》のそれでねえで、人間《にんげん》らしい、結構《けっこう》な、莨《たばこ》の香《におい》だ。

天《てん》の助《たす》けよ。

人間《にんげん》くさいと眴《みまわ》すと、八九間上《けんうえ》の路傍《みちばた》さ、茨《いばら》まじりに薄《すすき》の枯《か》れた、低《ひく》い土手《どて》に腰《こし》を掛《か》けた、洋服扮装《ようふくいでたち》、大《おお》きな姿《すがた》が、月《つき》あかりに薄《うす》く見《み》えたい。

おまけにお前《めえ》、肩《かた》の上《うえ》へ、キラキラと光《ひか》ってな。」

と音吉《おときち》は川《かわ》べりに面《おもて》を出《だ》した、水《みず》に流《なが》るる月《つき》の影《かげ》、小《さざ》波《なみ》に搔寄《かきよ》せけむ、晃然《きらり》と一条《ひとすじ》、かしこなる別荘《べっそう》の、水《みず》に臨《のぞ》んだ欄干《てすり》を貫《つらぬ》き、向《むこ》う岸《ぎし》なる枯蘆《かれあし》の折伏《おりふ》す隈《くま》に輝《かがや》く物《もの》あり。漆《うるし》と銀《ぎん》の竿一根《さおいっこん》。

音「遠《とお》さも丁《ちょう》どあのくれえに、おなじように光《ひか》って見《み》えただ。」

七「まさか、山路《やまみち》を釣竿《つりざお》じゃあるまいの。」

音「鉄砲《てっぽう》だ。」

七「むむ、まあ、内《うち》の御前様《ごぜんさま》の釣《つり》と来《き》た日《ひ》には、山路《やまみち》を釣《つ》ったって、川《かわ》を釣《つ》ったって、些《ちっ》とべこ違《ちが》いごとはねえけれどよ。」

七親仁《しちおやじ》は言《い》いかけて、蘆《あし》に踞《しやが》んだが炬燵《こたつ》のよう、差寄《さしよ》って声《こえ》を密《ひそ》め、
七「その癖《くせ》、夜《よ》が夜中《よなか》まで釣《つ》ってござる。矢張《やっぱ》りお部屋《へや》様《さま》が勧《すす》めるだよ。唯《たっ》た今《いま》も、ああやってお寝室《ねま》に附添《つきそ》っているだがな。また、あの方《かた》が世話《せわ》をすると、希代《きたい》にひらひらと魚《さかな》が掛《かか》らあ。

ふむ、尋常《ただ》ごとでねえようだ、音《おと》やい、その時《とき》か。――

……」

主公様
お部屋様

十一

音「その時《とき》だがな、そして何《なに》かね、七親仁《しちおじい》、今時分《いまじぶん》までお部屋様《へやさま》も傍《そば》にいて、お世話《せわ》をするかね。」

と音《おと》も寄《よ》って、低声《こごえ》にうら問《ど》いかけるのであった。

七「一所《いつしよ》にも。先刻《さつき》もお前《めえ》、お部屋様《へやさま》さ、例《れい》のそれ、緋《ひ》縮緬《ぢりめん》の襦袢《じゆばん》か何《なに》かで、手燭《てしよく》を持《も》って、主公様《とのさま》さ肩《かた》にかけまして厠《かわや》にござった。知《し》っての通《とお》り、この頃《ごろ》じゃ、もう、独《ひとり》でおひろいは煩《むず》かしいで。——

成程《なるほど》そう云《い》や、去年《きよねん》だの。……能見堂居廻《のつけんどういまわ》りへ鉄砲打《てつぽうぶ》ちに行《い》かしって、（昔《むかし》、知合《しりあい》の婦人《おんな》じゃが、命《いのち》にかかわる事《こと》があって、乃公《おれ》の袖《そで》に縋《すが》ったに因《よ》って、何《なん》にも言《い》わんでかくまい置《お》け。）とばかりの触込《ふれこ》みで、今《いま》の、お蘭《らん》の方《かた》さ連《つ》れて帰《かえ》らっせえた、そちこちその時分《じぶん》からの、あの御病気《ごびようき》よ。

何《なん》だって、主公様《とのさま》は唯《ただ》両脚《りようあし》が矢鱈《やたら》とだるくって、

段《だん》々細《ほそ》くなるという、妙《みょう》な煩《わずら》いでねえか。

この頃《ごろ》じゃ、お前《めえ》、左《ひだり》の脚《あし》なんざ、支《つ》いてござる杖《つえ》よりか細《ほそ》くなったぜ。

いくら気《き》が丈夫《じょうぶ》でおいでなされればとって、まるっ切《き》り動《うご》くことがなんねえだ、始末《しまつ》が悪《わる》いよの。どっと床《とこ》に凭《よ》っかかって所在《しょざい》がねえだから、まあ、寝《ね》ながら釣《つり》でもなさるだが。

あのくれえな主公《との》さまだから、人泣《ひとな》かせの、無理《むり》も八《や》つ当《あた》りも言《い》わっしゃらぬが、夜《よる》なんざ癇《かん》が高《たか》ぶらずに。

幸《さいわ》い、お部屋様《へやさま》がお気《き》に入《い》って、片時《かたとき》も傍《そば》さお放《はな》しなさらねえ工合《ぐあい》だで、下《した》々此方人等《こちとら》まで大助《おおだす》かり。

それに行渡《いきわた》りはよし、気《き》はつくの、高《たか》ぶらずよ、優《やさ》しいわ。抜《ぬ》かりなく、粋《いき》に行届《ゆきとど》いて、しかもお前《めえ》、おっとりとしていなさるだ。蔭《かげ》じゃ皆《みんな》、はい、お蘭《らん》の方様《かたさま》で拝《おが》んでいるわけだでな。

始終附添《しょっちゅうつきそ》っていさっしゃら。

それ、先刻《さっき》もな、そうやって片手《かたて》、お部屋《へや》さまの肩《かた》に

かかって、片手《かたて》で、お廊下《ろうか》さ、ドンドンと杖《つえ》支《つ》いて、厠《はばか》りへ来《き》さしった。手水鉢《ちょうずばち》で手《て》を洗《あら》って、お部屋《へや》さまが、こう媚《なまめ》かしく、支膝《つきひざ》で手拭《てぬぐい》を持《も》ったが、（良《い》い月《つき》だ、）って言《い》わっせえた時《とき》、おらを、はあ見《み》つけさしった。

おら、内証《ないしょう》だが、ひょぐりに出《で》てな。ああ、いい月《つき》だ、とお前《めえ》、身《み》ぶるいをすると、川上《かわかみ》で、ざあっ、とやるだ。はてな、下手《へた》そうな捌《さば》きだわえ。尤《もっと》も宵《よい》の口《くち》、今夜《こんや》さ網《あみ》を打《う》ちますと、七親仁《しちおじい》が処《とこ》へ断《ことわ》りに来《う》せたでねえから、もぐりだで、旨《うま》かろうわけはねえ。

それでも暗夜《やみ》を打《う》たねえばかりが見《め》っけものだと思《おも》っての、嫌《きらい》でねえだから月《つき》は良《よ》し、一番《いちばん》そこいらまで出《で》て見《み》べいか、寒《さむ》さは寒《さむ》し、と二《に》の足《あし》でいた処《ところ》よ。（七《しち》、川上《かわかみ》を大分《だいぶ》荒《あら》すな。）と主公《との》さまがおっしゃったで、今夜《こんや》は思《おも》うようにかからねえかな。かたがた威《おど》かして遣《や》るべい、とそこで、はあ、ぶらんぶらん下駄《げた》さ引摺《ひきず》って、そこまで、内《うち》のジョン（犬《いぬ》の名《な》）に送《おく》られながら

来《き》て見《み》ると、われが、はあ、蘆《よし》の中《なか》さ、獺《かわうそ》が憑《つ》いて、網《あみ》を持《も》って踊《おど》ってるだ……」

音「ええ！ 親仁《おじい》、この上《うえ》、また獺《かわうそ》に憑《つ》かれて堪《たま》りごとあるものか、沢山《たくさん》だ。」

七「いや、われよりか、主公《との》さまよ。」

音「おら、いかに御贔屓《ごひいき》になって繁《しげ》々お別荘《べっそう》へ参《まい》ればとって、お台所口《だいどころぐち》か、お庭《にわ》さきよ。変《へん》にお心安《こころやす》いようじゃあるけれど、お部屋様《へやさま》さ、見《み》るのはちらちらだが、親仁《おじい》はそうやって寝衣姿《ねまきすがた》も拝《おが》むもんだ、久《ひさし》い内にゃ、何《なに》か変《かわ》ったことでも無《ね》えだかえ。」

七「そうよの……」

と、かぶっておられず、夜着《よぎ》から出《だ》した小首《こくび》を傾《かたむ》け、

七「別《べつ》にこうて事《こと》はねえだけんど、可恐《おそろし》く海《うみ》が好《す》きでの。間《ま》さえありゃ、窓《まど》をあけたり、柱《はしら》に凭《よ》ったり、いつも沖《おき》の方《ほう》さ見《み》てござるだ。

での、風《かぜ》か、雨《あめ》か、海《うみ》の色《いろ》のかわろうという時《とき》は、は

あ、欠《か》かしごとねえ、いつでも立《た》って視《なが》めるだが、その時《とき》は、いつまでも見入《みい》って恍惚《うつとり》としてござる。沖《おき》の方《ほう》さ、故郷《こきよう》でもあるだかと　蔭《かげ》で風説《うわさ》して、又海《またうみ》の色《いろ》がかわろう、と云《い》うくれえよ。」

海《うみ》の浪《なみ》は、常《つね》にこの美女《たおやめ》の姿《すがた》を前《まえ》に、色《いろ》をかえて立騒《たちさわ》ぐのであった。

十二

七「それに今《いま》もいう通《とお》り、ああやって主公様《とのさま》に退屈《たいくつ》をさせねえだが、お部屋様《へやさま》が世話《せわ》をなさると、不思議《ふしぎ》に魚《さかな》が釣《つ》れる事《こと》よ。——むむ未《ま》だそれに、何《なに》よ、過般《このあいだ》二尺《にしやく》ばかりの鱸《すずき》が掛《かか》って、水際《みずぎわ》を放《はな》れると、棹《さお》が満月《まんげつ》のようにしなって、光《ひか》った時《とき》よ。

（御前《ごぜん》さま、釣《つ》れましたね、）ってお前《めえ》、お部屋様《へやさま》も、はずまっせえたか、ふいと肱《ひじ》かけ窓《まど》の小縁《こえん》の上《うえ》へ飛乗《とびの》らしっけえ。

おら、汐留《しおどめ》の蘆垣《あしがき》の蔭《かげ》から、釣《つ》れるだかな、と立《た》って見《み》ていたがの、わあ、身《み》を投《な》げさっしゃるか、と魂消《たまげ》たね。

お部屋《へや》さまの姿《すがた》さ、倒《さかさま》に水《みず》に映《うつ》ったでねえか。主公様《とのさま》は脊《せ》は高《たか》し、大柄《おおがら》なり、高《たか》い敷蒲団《しきぶとん》の上《うえ》に、今《いま》のそれ寝《ね》ながら乗出《のりだ》して釣《つ》ってござる。肱《ひじ》かけだとて、随分高《ずいぶんたか》いわ。畳《たたみ》に坐《すわ》っていさっしゃると、お髪《ぐし》っきゃ、外《そと》へは見《み》えねえようだに、ひらりと飛《と》んでな、欄干《らんかん》へ袂《たもと》がかかると、いきなり釣糸《つりいと》さ引《ひ》かしっけえ。おら鱸《すずき》の刎《は》ねるのより、その白《しろ》い手《て》に気《き》を取《と》られて、はあ、何《なん》と云《い》う身《み》の軽《かる》さだ、踊《おどり》でも仕込《しこ》んだ身体《からだ》だっぺいと思《おも》ったが、成程《なるほど》、よくよく考《かんが》えりゃ、人間業《にんげんわざ》でねえようだの。

そのほかに別《べつ》に、はあ、こうと云《い》って、湯殿《ゆどの》の中《なか》でも、髪結《かみいい》にも、変《かわ》ったところは聞《き》かねえだよ。……ぬしも覿面《てきめん》に知《し》っていて、別《べつ》に変《へん》だとも思《おも》わねえだ

か。」

音「思《おも》わねえ。ついこの間《あいだ》も、ジョンの奴《やつ》にからかいながら、お台所口《だいどころぐち》さ面《つら》を出《だ》した、晩方《ばんがた》だっけ、飯時《めしどき》で、女《おんな》どもさ忙《いそが》しそうに働《はたら》いていっけえな。

奥《おく》からあの人《ひと》さ出《で》てござって、

女（お急《いそ》ぎ遊《あそ》ばすよ。）って、何《なん》だ、戸棚《とだな》から、はい、自分《じぶん》で西洋皿《せいようざら》さ出《だ》して、ぐいぐい拭巾《ふきん》をかけながら、土《ど》間《ま》に踞《しゃが》んで買《か》いたての大根《だいこん》さ突《つつ》いていた。おらが方《ほう》を見《み》て、何《なん》にも言《い》わねえで、また、あの、莞爾《にっこり》さしっけえ。

女（皆《みん》な承知《しょうち》だよ、何《なん》にもいいでない、深《ふか》い馴染《なじみ》だね。久濶《しばらく》。）とその涼《すず》しい目《め》の動《うご》きようと、口《くち》つきの塩梅《あんばい》と、頬《ほお》の工合《ぐあい》で、ちゃんと、おらが胸《むね》に通《つう》じたがね。

女中《じょちゅう》が皿《さら》を受《う》け取《と》って、七輪《しちりん》で、良《い》い香《におい》のしていた、何《なに》か肉《にく》さ、一寸々々《ちょっちょっ》と装《よそ》って盆《ぼん》にのせて出《だ》したのを、そのまま持《も》って、ツイと廊下《ろうか》の方《ほう》へ入《はい》らしっけが、三《み》つ輪《わ》

に艶《つや》っぽく結《ゆ》い込《こ》んで、赤革《あかがわ》のつまのかかった上靴《うわぐつ》なんか穿《は》いているだ。お蘭《らん》の方《かた》は、あれだとばかりで、鮟鱇《あんこう》の腹《はら》から出《で》た、素性《すじょう》を知《し》っても疑《うたが》えねえ。堪《たま》らねえ頸《えり》っつきの、後姿《うしろすがた》さ伸上《のびあが》って見送《みおく》っただが、卯《う》の毛《け》で突《つ》いたほどの、鰭《ひれ》も尾《お》もあらわさねえ。

あとでお銚子《ちょうし》の行《い》くのを見《み》て、あれを引《ひ》きつけの、かんちろり、畜類《ちくるい》め、と妖物《ばけもの》と遊《あそ》ばっしゃる主公《との》さまさ、あやかりたいような気《き》がしただが、女《おんな》たちから、はあ、蔭《かげ》ながら御容体《ごようだい》を聞《き》くと、串戯《じょうだん》ではねえ。――

今《いま》も、親仁《おじい》が言《い》っけがね。もうこの頃《ごろ》じゃ、右《みぎ》の足《あし》も瘠《や》せ細《ほそ》って、押魂消《おったまげ》たおらじゃねえけれど、お腰《こし》さ抜《ぬ》けたも同然《どうぜん》だというからな、気《き》になって堪《たま》らねえぞ。

知《し》っての通《とお》り、おらが父《おやじ》な、惣領《そうりょう》な、おらまで御恩《ごおん》になる主公《との》さまだ。

唯《ただ》御病気《ごびょうき》と聞《き》いた処《ところ》で、蔭《かげ》で信心《しんじん》ぐれえしねえければなんねえだに、どうもそのお煩《わずら》いさ、お部屋《へや》さまの所為《せい》に違《ちが》いごとはないと思《おも》うだ。

その魔物《まもの》さ、おらが不了簡《ふりようけん》から、この世《よ》の中《なか》へ引《ひ》き出《だ》して、途中《とちゆう》で主公《との》さまに押《おつ》つけたわけだからな。申訳《もうしわけ》がねえ、はあ、どうすべい、と些《ちつ》とばかり気《き》を揉《も》んでることではねえだよ。

その時分《じぶん》にゃ、言《い》いおくれた。

おかくまいなされればとって、直《す》ぐに、あくる日《ひ》から騒《さわ》ぎでねえか。

伊澤《いざわ》さまのお別荘《べつそう》へ、天人《てんにん》見《み》たいなお嬢様《じようさま》が、と先方《さき》から話《はな》しかけられて、何《なに》、そりゃ鮟鱇《あんこう》の腹《はら》からこれこれだ、と面《めん》と向《むか》って、何《なん》と真昼間《まつぴるま》話《はな》されべい。」

十三

音「たまには、極《ご》く遠慮《えんりよ》のねえ友《とも》だちに、真面目《まじめ》に雑《ざつ》と話《はな》すとな、聞《き》く奴《やつ》はあたまから不思議《ふしぎ》とも変《へん》とも思《おも》わねえ。

竜宮《りゆうぐう》から、……そうよ、魚《さかな》の腹《はら》へでも宿《やど》って来《こ》ざらに、

人間《にんげん》にゃねえ別嬪《べっぴん》さまだ、と一《いち》も二《に》もなく合点《がってん》して了《しま》うでねえかね。何《なん》にもならねえ。

その中《うち》、主公様《とのさま》が御寵愛《ごちょうあい》と、薄《うす》々浜《はま》へ聞《きこ》えるでな、御恩《ごおん》になる主公様《とのさま》を、おらが口《くち》から魔道《まどう》に落《おと》いて、妖物《ばけもの》の婿《むこ》にしては済《す》むめえ。夢《ゆめ》だ夢《ゆめ》だと思《おも》ううち、何《なん》だか、うぬが方《ほう》が夢《ゆめ》になって、先方《さき》さまは正真贋《しょうじんまが》いなしのような気《き》になっただがね、怪《あや》しいお煩《わずら》いだで、又黙《まただま》っていられなくなっただよ、胸《むね》がむらむらとしているだ。

先刻《さっき》から網《あみ》さ打《う》っても、魚《さかな》よりか、はあ、あの、晃《きら》々する、主公《との》さまの釣竿《つりざお》にばかり気《き》を取《と》られてよ、冴《さ》え切《き》ったこの月《つき》さ見《み》るにつけて、そうだ、去年《きょねん》の丁度《ちょうど》この月《つき》だ思《おも》う処《ところ》へ、よう七親仁《しちおじい》。

お前《めえ》ら、ここへ来《き》て呉《く》れたは、神様《かみさま》お引合《ひきあわ》せだと思《おも》うだな。嘘《うそ》か、真《まこと》か、お前年《めえとし》紀の功《こう》で、よく分別《ふんべつ》をして呉《く》んねえよ。おらにも何《なん》だか分《わか》らねえ、馬鹿《ばか》め、そんな事《こと》があるもんか、と一口《ひとくち》に言《い》われりゃ、それまでだ。

親《おや》が貧乏《びんぼう》で、年貢《ねんぐ》の未進《みしん》、水牢《みずろう》じゃねえだから、どこ

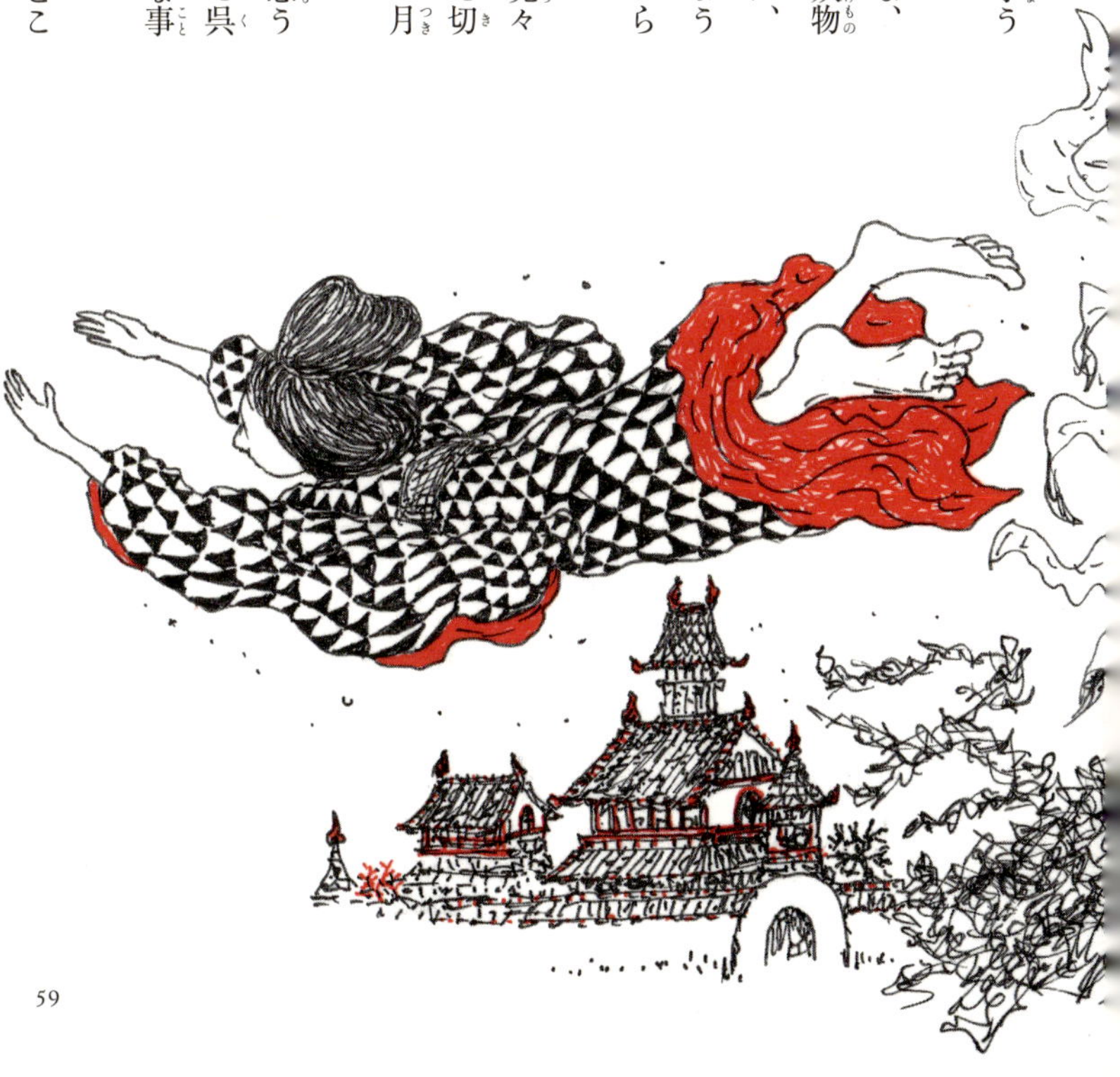

へ駈込《かけこ》み訴《うつた》えさするでもねえだが、黙《だま》っていちゃなんねえから、笑《わら》われるのを承知《しょうち》で話《はな》すだ。腰《こし》を抜《ぬ》いたまで、白状《じょう》したで、おらの言《い》うことに嘘《うそ》はねえだが、どうだね。」

と言《い》って寒《さむ》かろう、夜着《よぎ》の袖《そで》に身《み》を寄《よ》せて、音吉《おときち》は震《ふる》えたのである。

親仁《おやじ》もためいきで聞《き》いていた。

七「むむ、どうも話《はなし》の様子《ようす》じゃ、魅《ばか》されたにしても、確《たしか》なものだの。」

と言《い》いかけて苦笑《にがわら》い、

七「何《なに》も、はあ、魅《ばか》されたに確《たしか》は要《い》らねえこんだ。だがね、おらも何《なん》だか変《へん》になった。

お前《めえ》が主公様《とのさま》を思《おも》うこと承知《しょうち》なり、気心《きごころ》も知《し》っとるで、万八《まんぱち》とは思《おも》わねえが、成程《なるほど》、こりゃ人《ひと》が聞《き》いても承知《しょうち》はしねえ。それにしても、はい、おらが主公様《とのさま》ほどのお方《かた》がよ。希代《きたい》だな。」

と頻《しきり》に傾《かたむ》き、しばらくして七親仁《しちおやじ》が、

七「で、何《なに》か、お前《めえ》、その時主公《ときとの》さまには、何《なん》にもその事《こと》を言《い》わねえだな。」

言《ことば》の下《した》に、

音「言《い》ったとも！　言《い》ったがな、これが吉《きち》なら真実《ほんとう》にもしたろうが、主公《との》様《さま》ほどのお方《かた》だから、てんづけ、おうけとりはなさらねえのよ。」

七「そうよ、そうよ、そんなものよ。」

音「おらは、それ、能見堂《のっけんどう》でまえの、坂《さか》の途中《とちゅう》で、山猟《やまがり》にござった主公様《とのさま》のお姿《すがた》さ見《み》ただがな。尤《もっと》もその時《とき》は誰《だれ》だかも分《わか》んねえ、薄《すすき》の中《なか》の影武者《かげむしゃ》だね。」

七「うむ、そうよ。」

音「姿《すがた》は狩《かり》のそれだしよ、鉄砲《てっぽう》の銃口《つっさき》さ、あの通《とお》り、竿《さお》の漆《うるし》が光《ひか》るように月《つき》に映《うつ》らあ、おらあ、ぐっと強《つよ》くなった。

それに親仁《おじい》、こう坂道《さかみち》へ並《なら》んだ処《ところ》は、先刻《さっき》も言《い》う通《とお》り、華奢《きやしゃ》な、かよわい婦人《おんな》だからな、同《おな》じ取組《とっく》むにも松《まつ》の木《き》と、薄《すすき》だよ。

おまけに、鉄砲《てっぽう》もありゃ、人《ひと》もあると思《おも》ったから、赫《かっ》となって、突然《いきなり》お前《めえ》、

（こん獣《けだもの》ア、）と武者《むしゃ》ぶりついた。」

と、ぐっと力手《ちからで》を伸《の》ばしたので、親仁《おやじ》は退《すさ》って、足《あし》を蹈《ふ》んだ。

七「ふむふむ、」

音「ひやりと手《て》に触《さわ》ったのは衣《きもの》でな、するりと辷《すべ》ったと思《おも》うと、わけもなく身《み》を転《か》わした。

おら突《つん》のめって、むっくり起《おき》ると、

女（ああれ、）

ってお前《めえ》、どこを押《お》しゃ、あんな可愛《かわい》らしい、しおらしい、情《なさけ》らしい、あわれっぽい声《こえ》が出《で》るかと思《おも》う。」

七「ふむ、ふむ、ふむ。」

十四

音「繊弱《かよわ》い、細《ほそ》い、悲鳴《ひめい》を揚《あ》げて、綺麗《きれい》な鳥《とり》がそれたように、月夜《つきよ》をはらはらと駈《か》け出《だ》して、己《うぬ》からお前《めえ》、鉄砲《てっぽう》の下《した》へ飛《と》び込《こ》んで、その狩武者《かりむしゃ》の袖《そで》へかくれただなあ。」

七「はての、」

音「おら、はあ、呆気《あっけ》に取《と》られて、しばらく宙《ちゅう》にぶら下《さが》っていたっけよ。

そいつは、と言《い》おうと思《おも》って、こう身構《みがま》えして、坂《さか》を、十足《とあし》ばかり上《あが》るとな。」

◉回想　薄《すすき》の中《なか》で影《かげ》が分《わか》れて、すっくと立《た》った狩装束《かりしょうぞく》。

ふかふかと煙《けむり》立《た》って、爽《さわ》かに露《つゆ》を払《はら》う、紫《むらさき》の煙《けむり》濃《こ》く、太《ふと》き葉巻《はまき》をくゆらしながら、悠然《ゆうぜん》として来《きた》り迎《むか》えた、広《こう》額疎髯《がくそぜん》、鼻隆《はなたか》く眉迫《まゆせま》って、豹《ひょう》の眼《まなこ》の老紳士《ろうしんし》。これなん号《ごう》を槐庵《かいあん》と称《しょう》して、湘南《しょうなん》の地《ち》に都《みやこ》を避《さ》けた、今《いま》は在野《ざいや》の老《ろう》政治家《せいじか》……何某《なにがし》の侯《こう》であった。

主（何《なん》じゃ、音《おと》か。）

音　（ひゃあ、主公《とのさま》。）

音「おらを見《み》て、いきなりだ。

主　（いたずらをするな、）とばかりで、呵《から》々と、はあ、叱《しか》りつけるように笑《わら》わっしゃったろうでねえか。

とんと、おらが手籠《てご》めにして、なぐさみかけでもしたようによ。

何《なん》でも魔物《まもの》めい、死《し》んねえけりゃなんねえ義理《ぎり》があって、一里塚《いちりづか》の榎《えのき》の枝《えだ》へ扱帯《しごき》をかけて縋《すが》ったけれども、石《いし》仏様《ぼとけさま》が五体揃《たいそろ》って月《つき》あかりで見《み》てござるで、後髪《うしろがみ》さ引《ひ》かれるようで、死《し》に切《き》れねえし、死《し》なねばならず、しくしく泣《な》いていた処《ところ》へ、おらが通《とお》りかかって、無理《むり》やりに助《たす》けて呉《く》れて、婦人一人《おんなひとり》じゃ夜道《よみち》は危《あぶな》い、兎《と》も角《かく》も一所《いっしょ》に来《こ》う、悪《わる》いようにはしねえからって、連《つ》れだたせて、道《みち》々それを恩《おん》にして、いろいろいやな事《こと》を言《い》ったけれど、死《し》のうと思《おも》うほどのものが、どうしてそんな、野道《のみち》で浮《う》いたらしい事《こと》が出来《でき》よう。

頭《かぶり》ばっかり振《ふ》るもんだで、とうとうあすこへ来《き》て、恐《おそろ》しい事《こと》を。あの男《おとこ》はいたずらに目《め》が眩《くら》んで、お姿《すがた》は分《わか》らん様子《ようす》、お見《み》かけ申《もう》して縋《すが》るだで、助《たす》けて助《たす》けてと遣《や》ったものよ。……畜生《ちくしょう》現在《いま》のまに、無理《むり》のねえ処《ところ》を言《い》って誑《たぶ》らかさあ。

（どうじゃ、婦人《おんな》はそういうぞ、）って主公《との》さまは、それにして了《しま》わっせる。

飛《と》んでもない事《こと》をおっしゃらあ、実《じつ》はこれこれでと、魚《さかな》の腹《はら》のことを低声《こごえ》でいいいい、露顕《ろけん》に及《およ》んで、きゃっと言《い》っておらが咽喉《のど》へでもかぶりつきはしめえかと、気《き》がさすからな、少《すこ》し離《はな》れた婦人《おんな》の方《ほう》を、一寸《ちょい》々《ちょい》見《み》たがな。

別嬪《べっぴん》がよ。さもさも、身体《からだ》を投《な》げ出《だ》して主公《との》さまに縋《すが》った、と云《い》う風《ふう》でな、いまそのお膝《ひざ》へ倒《たお》れ込《こ》んだまま、茨《いばら》に長《なが》く裾《すそ》さ曳《ひ》いて、襦袢《じゅばん》の襟《えり》も脱《ぬ》けたなり、横《よこ》ずわりに、尾花《おばな》の穂《ほ》の燃《も》えるように片膝《かたひざ》ついてよ。震《ふる》えながら、頻《しき》りとこう、思《おも》わせぶりな優《やさ》しい手《て》つきで、重《おも》いように髪《かみ》を撫《な》でつけているではねえか。

主公《との》さまはその姿《すがた》と、おらが顔《かお》とを見較《みくら》べさしけえ。

主（何《なに》、魚《さかな》の肝《きも》が彼女《あれ》になった、馬鹿《ばか》いえ、野郎《やろう》、）

って真個《ほんとう》にふき出《だ》さしっけえ。

啣《くわ》えてござらしった、葉巻《はまき》がの、煙《けむ》ったままで、ばさりと落《お》ちたで。

おら、慌《あわ》てて拾《ひろ》って吸《す》った。」

と煙草《たばこ》を挟《はさ》んだ指《ゆび》のかまえ。音吉《おときち》の鼻《はな》の尖《さき》に指二本《ゆびにほん》、丁寧《ていねい》に目《め》を据《す》えて吹《ふ》かして見《み》せる。

七親仁《しちおやじ》は、きょとんとして、つままれ顔《がお》。

七「何《なん》だ、それは、」

音「一本《ぽん》五両《りょう》と聞《き》いていら。勿体《もったい》ねえ、迚《とて》も突合《つきあわせ》詮議《ぎんみ》をされた処《ところ》で、おらが公事《くじ》は勝《か》ちそうにもねえだから、せめて、葉巻《はまき》でとヤケに出《で》てな。」

七「しみったれな真似《まね》をすらえ。」

音「うむ、主公《との》さまもそう言《い》わしっけえ。

主（音《おと》、そんな事《こと》をする了簡《りょうけん》じゃ、いたずらも仕《し》かねんぞ、さっさと働《はたら》け。煙草《たばこ》をやるから帰《かえ》ったら又来《またこ》いよ。）

とばかりで、ぽかり、と靴《くつ》の音《おと》さして、婦人《おんな》の傍《そば》へ行《い》かっしたが。

おら、そのこっち側《がわ》をな、荷物《にもつ》を担《かつ》いで、こそこそと尾花《おばな》ずれに通《とお》り抜《ぬ》けた。何《なん》だか、お邪魔《じゃま》でもするようでよ。

そのかわり、峠《とうげ》に上《のぼ》って、思《おも》う状《さま》葉巻《はまき》をふかした。——その馬鹿《ばか》さ加減《かげん》を聞《き》かっせえ。」

十五

七親仁《しちおやじ》分別顔《ふんべつがお》して、被《かぶ》った夜着《よぎ》をかなぐり脱《ぬ》いだ。尤《もっと》も話《はなし》のなかばから、大方丈《おおほうじょう》の抜衣紋《ぬきえもん》に、背中《せなか》へ懸《か》けていたのである。

七「音《おと》、おら、ここで聞《き》いたで疑《うたが》わねえだが、その山路《やまみち》でやられては、主公《との》さまでねえと云《い》って、誰《たれ》がお前《めえ》に手《て》を上《あ》げべい。ただ事《ごと》でねえな、音《おと》。」

音「むむ、どうしべいと思《おも》うだね。」

七「待《ま》ちろ待《ま》ちろ、月《つき》も同《おな》じ一週忌《いっしゅうき》だ。はあ、何事《なにごと》も年忌《ねんき》々々《ねんき》よ、このお月様《つきさま》の工合《ぐあい》では、」

と禿《は》げた額《ひたい》を照《てら》されて、霜置《しもお》く眉《まゆ》を顰《しか》めながら、

七「時刻《じこく》もかれこれ、その時《とき》だっぺい。こう、又《また》しんしんと更《ふ》けるだに、川辺《かわべ》のお亭《ちん》に主公《との》さまと二人切《ふたりつきり》だ。ちょっくら忍《しの》んで行《い》って見《み》べい。

何《なに》かがあるべいさ。行《い》って見《み》べい。」

音「これからか。」

七「おおよ。」

音「直《す》ぐにな、」

と、音吉《おときち》は身《み》を起《おこ》したが、ざわざわと、蘆吹《あしふ》く風《かぜ》に大《おお》きに逡巡《たじろ》く。

七「汝《うぬ》が発頭人《ほっとうにん》でいて、何《なん》の状《ざま》だ、さあ、来《こ》うよ。」

音「だって、お前《めえ》、だってお前《めえ》、向《むこ》う岸《ぎし》から覗《のぞ》けばだが、月《つき》あかりでは届《とど》くめえ。夜夜中《よるよなか》どこからお閨《ねや》が見《み》えるもんか。」

七「そこはよ、天道様《てんとうさま》おあつらえだ、寝《ね》ながら月《つき》の見《み》え

る仕《し》かけよ、お縁《えん》の雨戸《あまど》は硝子張《がらすばり》だ。」

石灯籠《いしどうろう》があるばかり。隠《かく》るる隈《くま》はなかったが、一面《いちめん》の芝《しば》に跫音《あしおと》立《た》たず、ぬき足《あし》の影法師《かげぼうし》と、さし足《あし》の四人《よにん》づれ、影《かげ》を蹈倒《ふみたお》して一人《ひとり》ずつ、黒《くろ》く雨戸《あまど》に摑《つかま》った、中《なか》なる障子《しょうじ》も硝子越《がらすごし》。

呼吸《いき》を詰《つ》めて、差覗《さしのぞ》くと、湯《ゆ》たんぽの薫《かおり》や籠《こも》る、蘭奢《らんじゃ》の香《か》や立迷《たちまよ》う、燈《ともしび》はただ春《はる》の水《みず》に、月《つき》やや長《なが》き趣《おもむき》にて、朧《おぼろ》々と艶《えん》なるに、厚衾《あつぶすま》敷設《しきもう》けた、金襴《きんらん》の雲高《くもたか》き中《なか》に、胸《むね》の下《した》まで搔巻《かいまき》かけて、枕《まくら》を乗《の》り出《だ》した肱《ひじ》かけ窓《まど》、主公《との》は片肱《かたひじ》かけながら、細目《ほそめ》に開《あ》けたる窓《まど》の外《そと》へ、白銀《しろがね》の棹《さお》を手《て》にしつつ、転寝《うたたね》をし給《たま》うらん、寂《せき》として、身動《みうご》きせず。

唯見《とみ》る、こなたに雪《ゆき》なす頸脚《えりあし》、結《ゆ》いたての三《み》つ輪艶《わつやや》かに、徐《そ》と据《す》えたかと差俯向《さしうつむ》いた。腰《こし》の扱帯《しごき》の薄紫《うすむらさき》。霞《かすみ》に靡《なび》いて身《み》を空《そら》に、主公《との》の裀《しとね》にすらりと軽《かる》う、半《なか》ば乗《の》っかかるようにした、美女《たおやめ》の後姿《うしろすがた》。

二人《ふたり》は顔《かお》を見合《みあ》わせて、ひったりと差覗《さしのぞ》く。――美女《たおやめ》はかくて主公《との》の足《あし》を、柔《やわら》かに撫《さす》り参《まい》らせつつあったのである。

やがて、するりと身《み》を引《ひ》いて、すらりと障子《しょうじ》の蔭《かげ》に立《た》った。が、黒髪《くろかみ》の色《いろ》を籠《こ》めて、天井《てんじょう》が高《たか》く、暗《くら》く、凄《すご》いように見《み》えたのは、思《おも》う二人《ふたり》の迷《まよい》であろう。

時《とき》にはらはらと衣《きぬ》の音《おと》、褄《つま》の運《はこ》びにちらめくは、雪《ゆき》を包《つつ》んだ未開紅《みかいこう》。

ちらちらと裀《しとね》を払《はら》って、主公《との》の寝《ね》て蹈延《ふみの》ばした、爪尖《つまさき》のあたりへ移《うつ》った時《とき》、屹《きっ》と艶麗《あでやか》な横顔《よこがお》で、枕《まくら》の方《かた》を流眄《しりめ》に掛《か》けた……ようであった。

掻巻《かいまき》の裾《すそ》を柔《やわら》かに、ふっくりと廻《まわ》って向《むこ》う側《がわ》、今度《こんど》は主公《との》の右《みぎ》の足《あし》を。

片膝《かたひざ》ついて褥《しとね》にかけると、ひらひらと炎《ほのお》が燃《も》えた。

二人《ふたり》の面《つら》は熱《あつ》かったが、否《いな》とよ、こぼれた緋縮緬《ひぢりめん》、やがて白脛《しらはぎ》に冷《つめた》く消《き》えた。

琴《こと》に差向《さしむか》う風情《ふぜい》して、揃《そろ》えてさした白魚《しらお》の指《ゆび》、左右《さゆう》へ開《ひら》いてしとやかに、且《か》つものやさしく、徐《そ》と又掻擦《またかいさす》りはじめた時《とき》、月影《つきかげ》かしこに透《す》くよとする、顔清《かんばせきよ》く衝《つ》と上《あ》げて、流《なが》るるような瞳《ひとみ》をこなたへ、眉《まゆ》を開《ひら》いて莞爾《にっこり》して、直《す》ぐにもとの、ふっくりとある伏目《ふしめ》になった。が、その途端《とたん》に、二人《ふたり》は天窓《あたま》から慄然《ぞっ》として、音《おと》の如《ごと》きは逃《に》げようとして、やっと止《とど》まった。

女（いい児《こ》だ、おとなしく見《み》ておいで、皆承知《みんなしょうち》だよ、）

と言《い》うように見《み》えたのである。

さて、今更退《いまさらひ》くにも退《ひ》かれず、凍《こお》って了《しま》え、と立窘《たちすく》む。

しばらくして、又《また》ひらひらと炎《ほのお》が絡《から》んだ。

吃驚《びっくり》すると、美女《たおやめ》の袖口《そでくち》から、主公《との》の掻巻《かいまき》の袖《そで》に映《うつ》って、嘗《な》めて行《ゆ》くように燃《も》え上《あが》る。

ああ、膝《ひざ》からも紅《くれない》が、裾《すそ》からも流《なが》るる炎《ほのお》。

こっちの傍《そば》から、裾《すそ》をまわって、向《むこ》うに運《はこ》んだ歩行《あゆみ》のあと、いかに、いつも身《み》を放《はな》たず、名《な》にも人目《ひとめ》にも立《た》つまでの、緋縮緬《ひぢりめん》の襦袢《じゅばん》とはいえ、影《かげ》も畳《たたみ》の蒼《あお》さに映《うつ》って、友禅《ゆうぜん》ぞめの花《はな》の川《かわ》、俤《おもかげ》にこそ立《た》つたりけれ。そこもかしこも紛《まが》うびょうなき、一面《いちめん》の炎《ほのお》となって、煙《けむり》むらむらと

立蔽《たちおお》うに、燈火《ともしび》は暗《くら》くなって、中《なか》にも一条矢《ひとすじや》の如《ごと》きが、柱《はしら》を巻《ま》いて、緋《ひ》の環《おだまき》をかけて閃《ひらめ》いた。

音・七「火事《かじ》だアい。」――「火事《かじ》だ、火事《かじ》だ。」――

喚《わめ》くも叩《たた》くも殆《ほとん》ど同時《どうじ》に、音《おと》と七《しち》の四《よ》つの拳《こぶし》が雨戸《あまど》を揺《ゆす》って、未《いま》だ煙《けむり》はかからぬ廊下《ろうか》へ、月影《つきかげ》とともに躍《おど》り込《こ》んだ。

小力《こぢから》のある音吉《おときち》は、夢《ゆめ》のような火《ひ》を熱《あつ》く蹈《ふ》んで、二三か所《しょ》火傷《やけど》をしながら、無言《むごん》で主公《との》に飛《と》びついた。

七「天《てん》の網《あみ》だっ。」

天井《てんじょう》を抜《ぬ》く破鐘声《われがねごえ》、七親仁《しちおやじ》は半狂乱《はんきょうらん》で、仔細《しさい》あって雫《しずく》も切《き》らず、先刻《さき》から引提《ひっさ》げて立忍《たちしの》んで、計《はか》らずも我生《われうま》れ得《え》て、網《あみ》を打《う》つに妙《みょう》を得《え》つ、若《わか》き折《おり》に、寒月《かんげつ》に裸《はだか》で波《なみ》に捌《さば》いたも、今《いま》この時《とき》の用《よう》ぞとばかり。

すっくと立《た》った美女《たおやめ》の、炎《ほのお》の中《なか》に俤白《おもかげしろ》き、黒髪《くろかみ》かけて天井一杯《てんじょういっぱい》、颯《さっ》と、火《ひ》の網《あみ》を投《な》げたる手練《しゅれん》。

網《あみ》の目炎《めほのお》に染《そま》ったのを、一目見《ひとめみ》て、飛《と》んで出《で》た。庭前《にわさき》は早《はや》や火《ひ》の粉《こ》の雨《あめ》。潜《くぐ》り抜《ぬ》け潜《くぐ》り抜《ぬ》け、

七「主公《との》さま！　主公《との》さま！」

音「ここだよう、ここだよう、」

と遠《とお》くで呼《よ》ぶ、音吉《おときち》の声《こえ》を知《し》るべに、塀《へい》を出《で》て表通《おもてどお》り、向《むこ》う側《がわ》に田圃《たんぼ》の前《まえ》なる、小《ちい》さな煙草屋《たばこや》の垣根《かきね》の処《ところ》に、音《おと》吉《きち》は、主公《との》に附添《つきそ》って、火《ひ》の手《て》を睨《にら》んでいたのである。

七「おお、主公《との》さま。」

と七親仁《しちおやじ》は、唯《ただ》くるくると廻《まわ》ったが、

七「音《おと》、頼《たの》んだぞ、」

と言《い》いすてて、斜《はす》っかけに又塀《またへい》の内《うち》へ駈《か》け込《こ》んだ。

邸《やしき》の内《うち》は寂《しん》として、却《かえ》って門《もん》の外《そと》に五六人《にん》、わやわや立《た》ち騒《さわ》ぐ人《ひと》の影《かげ》。

霜《しも》を装《よそお》う大空《おおぞら》冴《さ》えて、炎《ほのお》の色《いろ》は薄紅梅《うすこうばい》。火花《ひばな》は星《ほし》の中《なか》に燦然《さんぜん》として、且《か》つ消《き》え、且《か》つ飛《と》び、煙《けむり》は渦《うず》を巻《ま》いて立《たち》騰《のぼ》れど、忽《たちま》ち河水《かわみず》にかすれ行《ゆ》きて、浜《はま》の松《まつ》の夜影《よかげ》も包《つつ》まず、桜山《さくらやま》の頂《いただき》刈《か》る、利鎌《とがま》の月《つき》を見《み》てあれば、騒《さわ》ぎぞ、人《ひと》々、我《われ》かくてあらんほどは、たとい二十日《はつか》の影《かげ》なりとて、かばかりの煙《けむり》に、月夜《つきよ》にや隈《くま》あらせん、と冷《ひや》やかに差覗《さしのぞ》ける風情《ふぜい》なり。

遠近《おちこち》の畷《なわて》、畦道《あぜみち》、川上《かわかみ》の橋《はし》の上《うえ》かけて、提灯《ちょうちん》の数《かず》ちらちらと、灯《ともし》連《つ》れて顕《あらわ》れた。が、恁《かか》る田舎《いなか》のことなれば、狐《きつね》の嫁入《よめいり》と云《い》うものめく。

親仁《おやじ》が主公《との》の杖《つえ》を捧《ささ》げて、引返《ひきかえ》して来《き》た時《とき》は、川《かわ》に臨《のぞ》んだ一水亭《いっすいてい》、母家《おもや》へ渡殿《わたどの》の半《なか》ばで焼留《やけとま》って、お邸《やしき》は二階《にかい》の人《ひと》も無事《ぶじ》との報知《しらせ》。

七「お亭《ちん》は、骨《ほね》ばかりの火《ひ》になって、柱《はしら》も鴨居《かもい》も、まるで朱《しゅ》で描《か》いたもののようだ。音《おと》、行《い》って見《み》べい、御免《ごめん》を蒙《こうむ》って、」

と、さそったには仔細《しさい》がある。網《あみ》で伏《ふ》せた美女《たおやめ》の亡体《なきがら》で。

主公《との》は何《なん》となく、黙《だま》って頷《うなず》きたまいつつ、杖《つえ》を片手《かたて》に、片手《かたて》を柴垣《しばがき》の上《うえ》にかけて、音吉《おときち》の手《て》を離《はな》し給《たま》えば、勇《いさ》んで、二人《ふたり》して又駈出《またかけだ》した。

塀際《へいぎわ》に差置《さしお》いた、消防《ひけし》の梯子《はしご》、長《なが》三間《げん》ばかりなのに、言《い》い合《あ》わせたように手《て》をかけて、

「遣《や》って見《み》べいか、」

「遣《や》って見《み》べい。」

顔《かお》を見合《みあ》わせて頷《うなず》き合《あ》い、ずるずると引摺《ひきず》って、諸共《もろとも》
に取直《とりなお》した、片端《かたはし》を両人《ふたり》の手《て》。

斜《ななめ》に縦《たて》に持直《もちなお》して、

「ありゃ、」

「やア、」

と、さおいの懸声《かけごえ》。

燃残《もえのこ》って立《た》った、柱《はしら》、壁《かべ》ともいわず、鴨居《かもい》と云《い》わず、
川《かわ》へ向《む》けてめった突《つ》き。

五《いつ》つ六《む》つ振《ふ》ると、もうもう疲《つか》れて、

「やあ、ほう、」
「どっこいしょ、」
と言《い》う下《した》に、火《ひ》の柱《はしら》、火《ひ》の鴨居《かもい》、火《ひ》の床《ゆか》の、肱《ひじ》かけ窓《まど》
によった片隅《かたすみ》、上下《うえした》にかさなりあい、ぐらぐらと揺《ゆ》れて
夵《ざんぶ》と水《みず》。
火《ひ》の粉潑《こぱつ》と立《た》ち栄《は》えて、煽《あおり》にひらひらと燃《も》えながら、
河《かわ》の面《おもて》に砕《くだ》けたが、炎《ほのお》の煽《あおり》が風《かぜ》を起《おこ》して、引汐時《ひきしおどき》を流《なが》れ
落《お》ちず、逆《さかさ》に川上《かわかみ》へゆらゆらと二三間《げん》、暁方《あけがた》の汐《しお》のみち
みちて溢《あふ》るるばかりの波《なみ》に揺《ゆ》れて、ゆらりと山《やま》へ上《のぼ》るよ

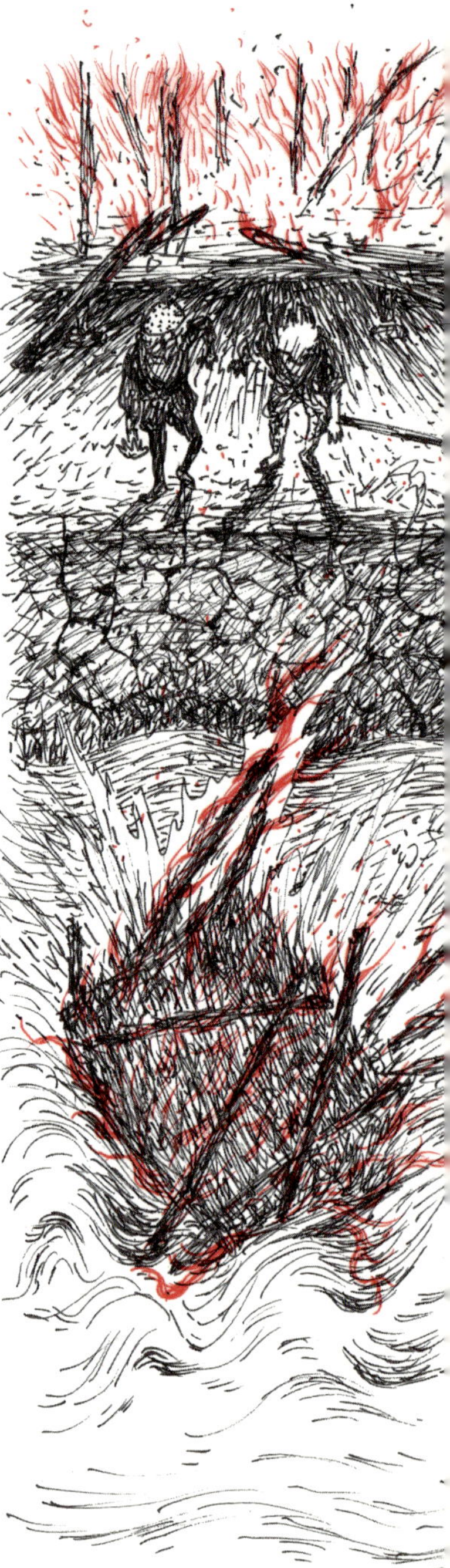

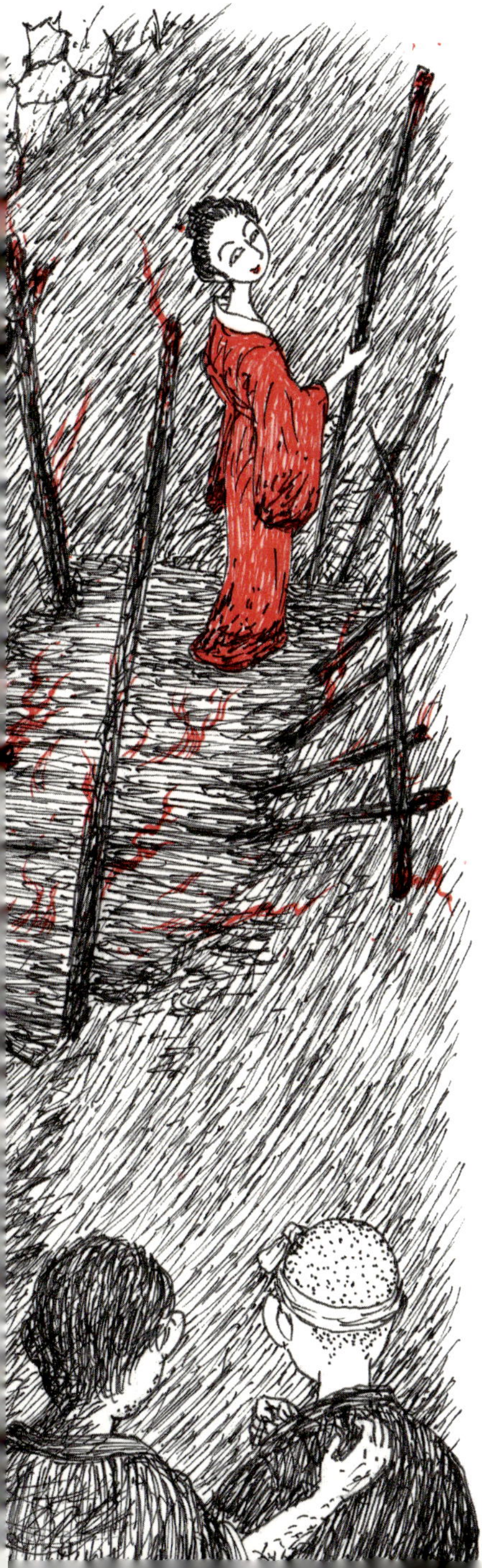

う。

炎《ほのお》に紛《まが》う緋縮緬《ひぢりめん》、唯見《とみ》れば燃《も》ゆる鴨居《かもい》を裾《すそ》に、扱帯《しごき》の色《いろ》もありのまま、従容《しょうよう》として、川浪《かわなみ》に立《たち》あらわれたその美女《たおやめ》。一本《ひともと》の火《ひ》の柱《はしら》、火先《ほさき》に腕《かいな》をからませながら、白《しろ》やかに掻取《かいと》って、斜《なな》めに櫂《かい》を操《あやつ》りつつ、二人《ふたり》を見《み》て又《また》あからさまに莞爾《にっこり》した。それもこれも定《さだ》まる運《うん》の、主公《との》を屠《ほふ》らんとして過《あやま》ちし本意《ほい》なさよ。さらば、と言《い》うが……瞳《ひとみ》に宿《やど》った。

あれあれとばかりに、二人《ふたり》は炎《ほのお》の船《ふね》を追《お》うて川《かわ》ぞいに、やがて主公《との》の、在《まし》ます方《かた》。

七「主公様《とのさま》。」

音「あれあれ。」

主「呀《や》！　助《たす》けんか。」

と仰《おお》するほどに、山《やま》の腹《はら》に谺《こだま》して、中空《なかぞら》を渡《わた》る音《おと》。風《かぜ》かあらぬか、岩打《いわう》つ浪《なみ》が、タトタトタトタトタトと土《つち》を刻《きざ》んで聞《きこ》えたが、真近《まぢか》になってハタと留《や》むと、一個《いっこ》の黒《こく》影《えい》、月《つき》の下《した》に露《あら》われて、身動《みうご》きをしたと思《おも》うや、颯《さつ》と風《かぜ》の如《ごと》く駈《か》けて来《き》て、あおって、主公《との》を薙倒《なぎたお》そうとして危《あやう》

く留《とま》った。

「危《あぶな》い！」

「誰《だれ》だ、」

と、七《しち》と音《おと》、我《われ》を忘《わす》れて夢中《むちゅう》で怒鳴《どな》った。

神「槐庵々々《かいあんかいあん》！ 槐庵《かいあん》！」

高《たか》らかに侯爵《こうしゃく》の号《ごう》を呼《よ》んで、衝《つ》と目《め》の前《まえ》に突立《つった》ったは、白銀《しろがね》の兜《かぶと》に、同《おな》じ白銀《しろがね》の大鎧《おおよろい》、ざっくと着《き》た、身《み》の丈抜《たけばつ》群《ぐん》の神将一員《しんしょういちいん》。

征矢一筋《そやひとすじ》、半弓《はんきゅう》を脇挟《わきばさ》んで、朱《しゅ》の如《ごと》き眼《まなこ》を睜《みひら》き、藍碧《らんぺき》の面《おもて》に怒《いかり》を含《ふく》んで、

神「御身《おんみ》、人爵《じんしゃく》の栄《えい》を得《え》て、世《よ》のために功《こう》あるが、天《てん》職《しょく》を忘《わす》れたり。見《み》よ、あの婦人《おんな》。」

と鎧《よろい》の袖《そで》、水晶《すいしょう》を削《けず》る音《おと》して、川《かわ》の面《おもて》を顧《みかえ》った時《とき》——

美女《たおやめ》は取《と》りかえて、火《ひ》の柱《はしら》を屹《きっ》と小楯《こだて》に取《と》った。

神「あの、夜叉《やしゃ》、足下《そっか》の手《て》に滅《ほろ》ぶるよう、天《てん》に於《おい》て掟《おきて》したるに、足下《そっか》の怠慢《たいまん》、再《ふたた》び海《うみ》に放《はな》ち終《おわ》んぬ。世《よ》の禍《わざわい》又《また》これよりして幾何《いくばく》ぞ。あれ、見《み》よ、今《いま》の機《き》を逸《いっ》すな、勤《つと》

めずや、槐庵《かいあん》。」

とて弓《ゆみ》に矢《や》を添《そ》えて与《あた》うるを、この老政治家《ろうせいじか》は我《われ》を忘《わす》れて、戦《おのの》きながら受《う》け取《と》って、川面《かわづら》を見向《みむ》きもあえず、あわれ力《ちから》なく足《あし》なえて、礑《はた》と地《つち》の上《うえ》に倒《たお》れたのである。

火事《かじ》のなごりの薄煙《うすけむり》、水《みず》あかりに颯《さつ》と靡《なび》いて、炎《ほのお》の櫂《かい》も、火《ひ》の船《ふね》も、東雲《しののめ》の空《そら》に紛《まぎ》るる兜鎧《かぶとよろい》の色《いろ》に分《わか》れて、沖《おき》へさして引潮時《ひきしおどき》。

鼻唄《はなうた》まじりのポンプの音《おと》。暁《あかつき》の浪《なみ》が打《う》ちはじめた。

月夜遊女 [原文]

泉鏡花

注釈　アダム・カバット

月夜遊女　原文

一

「音《おと》やい、良《い》い月夜《つきよ》ぢやねえかよ、」

と風《かぜ》に搖《ゆ》らるゝ案山子《かゝし》のやうに、ふら〳〵と月《つき》に描《ゑが》き出《い》だされた、肴籠《さかなかご》を振分《ふりわ》けに、づツしり重量《おもみ》のある天秤《てんびん》を擔《かつ》いで、前《さき》に立《た》つて歩行《ある》いたのが、鼠色《ねずみいろ》に艷《つや》のある淺霧《あさぎり》をかけた、一《ひと》むらの樹立《こだち》を前《まへ》に見《み》ながら、其處《そこ》らの芋莖《ずゐき》の葉《は》を頷《うなづ》かしむべく、野良聲《のらごゑ》の調子高《てうしだか》。

「まるで晝間《ひるま》だつぺい。いつかの盆踊《ぼんをどり》の夜中《よなか》のやうで、影《かげ》だか人《ひと》だか分《わか》んねえ、見《み》さつせえ、おらが①道《だう》陸神《ろくじん》に魂《たましひ》さ入《はひ》つて活《い》きてるだ。

やあ、音《おと》。

恬《か》う、はあ、皎々《かう〳〵》と澄《す》み切《き》つた月夜《つきよ》となると、蟲《むし》の這《は》ふまでが見《み》えさうで、それで居《ゐ》て、何《なに》よなあ、何《なん》だか水《みづ》の底《そこ》でも渡《わた》るやうで、また、然《さ》うかと思《おも》ふと、夢《ゆめ》に宙《ちう》でも歩行《ある》くやうで、變《へん》に②娑婆《しやば》ばなれがして、物凄《ものすご》く、心持《こゝろもち》が茫《ぼつ》とすらあよ、えゝ、音《おと》。」

と話《はな》しかけても、返事《へんじ》せず、其《そ》の癖《くせ》ひた〳〵と足《あし》の音《おと》は、踵《かゝと》について聞《きこ》えるので、言《ことば》を途切《とぎ》らし、天秤《てんびん》の上《うへ》へ、③南瓜《たうなす》の捻首《ねぢくび》で、頬冠《ほゝかぶり》の面《つら》を、おつくふさうに振向《ふりむ》いた。

「音《おと》やい、なぜ默《だま》る。些《ちつ》と話《はな》しでもして行《い》くべいでねえか。よう、お互《たがひ》に、馴《な》れた道中《だうちう》でも夜《よ》ふけさふけだ。これから突切《つゝき》つて街道《かいだう》を折曲《をれまが》る、④一里塚《いちりづか》の邊《へん》さ灘《なだ》だからな、よくねえよ。主《ぬし》もおらもなまぐさを擔《かつ》いだ上《うへ》に、お月樣《つきさま》を背負《しよ》つて行《い》くだから、些《ちつ》とべい氣味《きみ》のいゝ事《こと》はねえだ。

何《なに》か饒舌《しやべ》らつせえよ。

こんな時《とき》は色《いろ》ばなしも魔《ま》がさすが、⑤法談《ほふだん》も柄《がら》にねえ、滅入《めい》るでな。小恥《こツぱづ》かしく風流人《ふうりうじん》の眞似《まね》をして、お月樣《つきさま》のうはさをするだが、主《ぬし》は何《なん》で默《だま》るだよ、やあ、これ、」

といつて又《また》、廻燈籠《まはりどうろう》が忘《わす》れてまはる足《あし》の運《はこ》び、氣《き》もなく、緩《のろ》くなつて、

「音《おと》てえに。」

---

①道陸神は道祖神と同じ。ここでは吉の影を示す。「影や道陸神」と呼ばれる遊戯があり、月夜に子供たちが「影や道陸神、十三夜の牡丹餅」と歌い、互いの影を踏みあう。満月の夜道を怖がる吉は自分のはっきりした影がまるで生きているように見える。

②現実ばなれ。

③唐茄子は南瓜の別称で、南瓜頭は南瓜を思わせるような醜い形の頭をいう。

④街道の一里（約三・九三キロ）ごとに築かれた塚。その上に榎など大きくなる木を植えて、距離を示す目印とした。ここでは一種の魔所となっているので、吉は余計に怖がっている。

「むゝよ、」

と少《わか》いのが漸《やつ》と答《こた》へた。同《おな》じくこれも⑥ぼてをふつたが、背後《うしろ》へ笊《ざる》を三《み》つかさねた、前《まへ》へ縄《なは》からげの大《たい》魚一尾《ぎよいちび》、一抱《ひとかゝ》へある⑦圖抜《づぬ》けな鮟鱇《あんかう》、其状《そのさま》、色好《いろごの》める道士《だうし》に似《に》たるを、月《つき》にさらしてあからさま、やがて地《ち》ずりに荷《にな》つて居《ゐ》る。


天秤棒《てんびんぼう》もきしむばかり、分銅《ふんどう》がかりに重《おも》さうなのを、血氣《けつき》な向顱巻《むかうはちまき》で、染入《しみい》る月《つき》の肩《かた》に汗《あせ》はせぬが、蒼《あを》ずむ魚《うを》の膚《はだへ》にも、かさねた笊《ざる》の編目《あみめ》にも、たら〱とあふるゝ露《つゆ》、霜《しも》にもならず流《なが》るゝばかり。畷《なはて》の隈行《くまゆ》く小川《をがは》に聲《こゑ》なく、一寸默《ちよつとだま》ると、しんとして、左右《さいう》の刈田《かりた》は何處《どこ》までも雁《かり》の影《かげ》さへさゝぬのである。

頬被《ほゝかぶり》の中《なか》に聲《こゑ》も滅入《めい》つて、

「音《おと》てえになあ、變《へん》だな野郎《やらう》。」

「…………」

「よう、音《おと》てえば、」と、又《また》がツくり、息《いき》をついたやうに立淀《たちよど》む。これにつれて、背後《うしろ》なる壯佼《わかもの》、其《そ》の顱巻《はちまき》の結《むす》び目《め》を揺《ゆす》つて、不意《ふい》に停《とま》り、

「えゝ、待《ま》ちねえ、おら些《ちつ》と妙《めう》な事《こと》を考《かんが》へたい。」

其《そ》の足許《あしもと》を覗《のぞ》くやうに、頬被《ほゝかぶり》の中《なか》に目《め》を据《す》ゑながら、

「止《よ》せやい、音《おと》、こんな處《ところ》で妙《めう》な事《こと》なんか考《かんが》へるもんでねえ。」

「でもな。まあ、さつさと歩行《ある》きねえな。」

「おい、歩行《ある》くがの。眞實《ほんとう》だ、何《なん》だか知《し》んねえけんど、眞個《まつたく》よ、⑧灘《なだ》を越《こ》して了《しま》ふまではな、そんな何《なん》だぜ、妙《めう》な事《こと》なんか考《かんが》へねえ方《はう》がいゝぜ。」

二

「おら又何《またなん》だつて、恁《か》う晝《ひる》と夜《よる》とがらり了簡《れうけん》が違《ちが》ふだかな、我身《わがみ》で我身《わがみ》が分《わか》らねえだよ。晝《ひる》で見《み》ねえな、⑨新宿《しんじゆく》の濱《はま》さ土俵《どへう》にして、⑩鬼《おに》とも取組《とつく》む氣《き》だけれど、」

と、⑪かごとがましく言《い》ひつゞくる。

「當前《あたりめえ》よ、眞晝間《まつぴるま》何處《どこ》へ鬼《おに》が出《で》るもんか。」

と背後《うしろ》から元氣《げんき》の可《い》い聲《こゑ》。

「えゝ、夜《よる》だツて、出《で》られて堪《たま》りごとがあるもんか、密《そつ》といはつせえよ。お前《めえ》、大《おほ》きな聲《こゑ》を出《だ》して、まるではあ、鬼《おに》に呼出《よびだし》をかけるやうなもんだ。」

とぶつ〱足《あし》も捗取《はかど》らない。

「呆《あき》れた臆病《おくびやう》ツたらありやしねえや、」

「何《なん》だつて、お前《めえ》、夜中今時分《よなかいまじぶん》、此《こ》の街道《かいだう》を歩行《ある》くものは、はあ、新宿《しんじゆく》の濱《はま》さ擔《かつ》ぎ出《だ》してから、沼間《ぬまま》、

⑤仏法の教えを説明すること。
⑥魚籠を天秤棒で担いだこと。音吉は吉と違って大きな鮟鱇を担いでいるので、荷が重い。血気盛んな音吉はさすがに汗を流さないが、その代わりに鮟鱇やほかの魚らから水が垂れている、という描写が続く。
⑦鮟鱇のやたらに大きい腹を好色の道士の大きな腹に見立てた。
⑧魔所の一里塚を越えるまで。
⑨逗子市新宿の相模湾の海岸。
⑩夜になり鬼たちが浜を土俵にして相撲を取ることを想像する吉。
⑪愚痴をこぼす。

田浦《たうら》よ、金澤《かなざは》から杉田《すぎた》を山越《やまごえ》で①濱《はま》の問屋《とんや》まで、まあよ、在所《ざいしよ》の夜網《よあみ》さ上《あが》つてから、恁《か》うやつて夜《よ》ふけに田山《たやま》さ突切《つゝき》つて、堀割《ほりわり》へ行《い》つて東《ひがし》さ白《しろ》むまで、人《ひと》幾人《いくたり》と、口《くち》い利《き》いたり、②てくつたり、活《い》きて働《はたら》く人《にん》間《げん》の數《かず》に限《かぎ》りがあるだよ。

今夜《こんや》なんざ、利七《りしち》が一番《いちばん》がけに、③そうだを擔《かつ》いで駈出《かけだ》したわ。三太《さんた》と、八兵衞《はちべゑ》が馬力《ばりき》で二臺《だい》な、がたくり〳〵と曳出《ひきだ》した。④おらと主《ぬし》さ、後《あと》おさへだ、背《うし》後《ろ》の方《はう》にや當分《たうぶん》⑤小糠蟲《こぬかむし》の影《かげ》はねえと斷念《あきら》めて居《ゐ》るだでな。

⑥能見堂手前《のツけんだうてまへ》で、⑦金澤《かなざは》の鹽賣《しほうり》が、朝月夜《あさづきよ》にきら〳〵と鹽《しほ》を光《ひか》らして來《く》るのに出《で》つくはしや、いゝ見《め》つけものだ。考《かんが》へると心細《こゝろぼそ》いではねえか、えゝ、音《おと》。

ぐわツとでも言《い》つて見《み》ねえな、荷《に》を放《はふ》り出《だ》して一《いつ》散《さん》がけに前途《さき》へ駈出《かけだ》して、利七《りしち》や三太《さんた》づれに助《たす》けて呉《く》れい、とやりや格別《かくべつ》。あとから來《く》るものは人間《にんげん》どころか、氣心《きごころ》の知《し》れた犬《いぬ》も居《ゐ》ねえと決《きま》つた日《ひ》にや、えゝ、音《おと》、心持《こゝろもち》、おらあ荷《に》が重《おも》てえ。ぽツちり、影《かげ》法師《ぼふし》が見《み》えねえでも、後前《あとさき》に夥間《なかま》が歩行《ある》いて居《ゐ》ると思《おも》や、どれだけ力《ちから》になるか知《し》んねえが、あとおさへだけにぞく〳〵すらあ。

早《はや》く一里塚《いちりづか》の難場《なんば》押越《おつこ》して、山《やま》の下《した》の⑧立場《たてば》の、お鐵婆《てつばあ》さまが店《みせ》さ叩《たゝ》いて、飯《めし》でも炊《た》いて貰《もら》つてよ、底《そこ》へ力《ちから》を入《い》れねえぢや、妙《めう》に膝節《ひざぶし》ががく〳〵すら、よう、碌《ろく》でもねえ。異《ひよん》な處《とこ》で汽車《きしや》の車《くるま》についてまはつた、⑨島田《しまだ》ツ首《くび》の話《はなし》なんか思《おも》ひ出《だ》した。

堪《たま》らねえな。

うまく行《い》くと、利七《りしち》でえゝが、長《なが》く飲《の》んで居《ゐ》りや、追《おツ》ついて一處《いつしよ》にならうも知《し》んねえだが、此《こ》の間《あひだ》が我《が》慢《まん》だぜ。あれ、一里塚《いちりづか》が目《め》の前《まへ》に煙《けむ》つて來《き》た。また、馬《うま》のわらぢが、ふツ〳〵ツて、⑩いきり立《た》つてけつかるべい。

あれもさ、⑪白髑髏《されかうべ》が息《いき》をして居《ゐ》るやうに見《み》えてなんねえ。

なあ、音《おと》、ほんのこツた、⑫怪我《けが》にも妙《めう》な事《こと》なんか考《かんげ》えまいぜ。いや、どツこい、」

とさしかゝる、畷《なはて》から松並木《まつなみき》へ、斜《なゝめ》にかゝつた爪《つま》先上《さきあが》り。

姿《すがた》の瘠《や》せた松並木《まつなみき》。故道《ふるみち》は一條白《ひとすぢしろ》く、天窓《あたま》の上《うへ》に長《なが》くなつて、舊來《もとき》た徑《こみち》は草鞋《わらぢ》の下《した》から、小川《をがは》を籠《こ》めて暗《くら》くなり、遙《はるか》にさら〳〵と水《みづ》の音《おと》。音吉《おときち》は足蹈《あしぶ》みして、

「何《なん》だな。なまものを擔《かつ》いだやうでもねえ、主《ぬし》がいふことも腰《こし》つきも、はあ、牛《うし》に曳《ひ》かれて居《ゐ》るやうだ。

①吉と音吉は横浜の問屋に魚を売る。
②歩いたり。
③ソウダガツオ（宗太鰹）の略。全長四〇センチ内外。削節の原料とする。
④行列の最後尾。ここでは吉と音吉の仲間たちが皆先に行っており、寂しい夜道を歩くのは二人だけである。
⑤通常「米糠虫」と書く。ウンカ科に属する昆虫の異称。稲などの液を吸い、枯死させる害虫。
⑥能見堂跡は金沢《かねさわ》道を谷津《やつ》から中里（現磯子区）に越える山上北側にある。（中略）元禄七年（一六九四）明国の僧心越が八景の詩を賦して以来、金沢道の要衝にある地の利を得て、八景一覧の勝地として知られる（『日本歴史地名大系』）。
⑦その当時、金沢から塩を売って歩く商人が多くいた。光触寺（こうそくじ・現鎌

そんな氣《き》で居《ゐ》たが最後《さいご》よ、魚《さかな》が萎《な》えて價《ね》が下《さが》らあ、しつかりしねえな、だらしはねえ。」

と顱巻《はちまき》を斜《なゝめ》に射《い》る月《つき》に、⑬氣霜《きしも》を吐《は》いて白《しろ》く笑《わら》ふ。

「はゝ、何《ど》うでえ、意氣地《いくぢ》がねえぜ。」

「何《なん》ていふがな、これで其處《そこ》さ一里塚《いちりづか》へかゝつて見《み》ねえ。押被《おつかぶ》さつた榎《えのき》の下《した》に、馬《うま》の草鞋《わらぢ》ばかり明《あか》るくツてよ、鳥籠《とりかご》のひしやげた形《かたち》のお堂《だう》の中《なか》から、あの又《また》⑭地藏様《ぢざうさま》の⑭申 子《まをしご》見《み》たやうな、爲體《いたい》の分《わか》らねえ小佛《こぼとけ》が五體《たい》といふもの、異《おつ》う往來《わうらい》を見《み》てござる。あの前《まへ》を通《とほ》つて見《み》ねえな、主《ぬし》だつて、ようこれ、餘《あんま》りはあ、大《おほ》きな口《くち》い利《き》ける義理《ぎり》ではあんめえ。」

三

「よう、」

と鮟鱇《あんかう》の其《そ》の大《おほい》なるを、土手《どて》につけず飜然《ひらり》と月《つき》に、腹《はら》の光《ひかり》をつらりと射《い》つゝ、手《て》に笊《ざる》の繩《なは》をぐいと摑《つか》んで、輕《かる》く上《あが》つた。音吉《おときち》は、並木《なみき》の松影《まつかげ》、道《みち》の眞中《まんなか》の眞明《まあか》きに、⑮おさきだちは照《て》れた形《かたち》。

「さあ、おらが、さきへ行《い》つて遣《や》るべい、さつさと來《き》ねえ。」

「待《ま》ちろい、あとおさへは氣《き》がねえと言《い》ふに、恁《か》うなりや並《なら》んで歩行《ある》くだ。」

と横《よこ》ざまに來《き》て押並《おしなら》んだ、二人《ふたり》を合《あ》はせて四角《しかく》いやうな影法師《かげぼふし》。

並木《なみき》の影《かげ》を横《よこ》づたひ、魚《うを》、木《き》に登《のぼ》る風情《ふぜい》なる、

「吉《きち》やい、おらが妙《めう》なことを考《かんが》へたと謂《い》ふのは他《ほか》ぢやねえだ。」

⑯件《くだん》の逸物《いちもつ》を頤《あご》でさして、

「えゝ、ぬかす。忘《わす》れた時分《じぶん》に意地悪《いぢわる》く又妙《まためう》な事《こと》を考《かんが》へる、止《よ》せツてえにな。」

「よせつたつてお前等《めえら》も、おらが腹《はら》の中《なか》で獨《ひと》りで考《かんが》へるだから仕方《しかた》がねえだ。チヨツ、可《い》いや、ぢや、默然《だんまり》で歩行《ある》くとするだよ。」

と空《そら》を向《む》いて、音吉《おときち》は松《まつ》の葉越《はごし》に星《ほし》を捜《さが》す上目《うはめ》づかひ。

「聞《き》くよく〵。默然《だんまり》ぢや滅入《めい》つてなんねえ。聞《き》くからな、早《はや》く其《そ》の考《かんが》へと云《い》ふのを吐《こ》いつ了《ちま》ひねえ。なりたけ何《なん》だぜ、變《へん》でなく聞《き》かしてくんろよ。」

「むゝ、おらあ、變《へん》なことを考《かんが》へたが。」

とうつかり遣《や》る。

「猶《なほ》いけねえ、妙《めう》が變《へん》になつては堪《たま》らねえだ。ほう、」といふ。

「はゝ、そんねえにお前《めえ》ら、氣《き》にするほどの事《こと》では

倉市十二所）には商人が塩を供える「塩嘗め地蔵」がある。
⑧休憩所。
⑨島田髷の女の首。
⑩いきり立っていやがる。
⑪風雨にさらされて白骨になった頭骨。
⑫決して。
⑬冷たい空気のせいで白く見える息を吐く。
⑭神仏の霊力を備えたものから生まれた子。
⑮後ろに歩く音吉が、月の明かりで見る吉の姿。
⑯鮟鱇のこと。

ねえだよ。妙《めう》といへば妙《めう》よな、變《へん》といへば變《へん》だけれど、何《なん》でもねえ事《こと》だと思《おも》へば何《なん》でもねえ。吉《きち》やい、他《ほか》ぢやねえが。」

「うむ、」とおツかなびツくり、唇《くちびる》へ力《ちから》を入《い》れる。

「そら、」

一寸小手《ちよいとこて》を押《お》して、天秤《てんびん》の尖《さき》にいぶりをくれたが、此《こ》のくらゐな事《こと》で、ゆツさりともするやうな、そんな小《ち》さな腹《はら》ではない、魚道士鮟鱇《ぎよだうしあんかう》、①字《あざな》は泰山《たいざん》で、づツしりと月下《げつか》に光《ひか》れり。

「此《こ》の鮟鱇《あんかう》よ。」

「鮟鱇《あんかう》が…………」

「妙《めう》な事《こと》を考《かんが》へたと謂《い》ふのはな。」

「ふむ、」

「何故《なぜ》恁《か》う腹《はら》が大《でつ》かいか、といふ事《こと》よ。」

とはじめて聞《き》いて、驚《おどろ》いて安堵《あんど》した、吉《きち》は臆病《おくびやう》も忘《わす》れたやうに、

「は、は、は、馬鹿野郎《ばかやらう》、くだらなく氣《き》を揉《も》ませやがつた。お互《たがひ》に學校《がくかう》さ、ずるけた方《はう》の男《をとこ》だけれど、②われ、最《も》う些《ちつ》と怜悧《りこう》だと思《おも》つてつきあつたが、馬鹿《ばか》野郎《やらう》。

何《なん》だと。……

何故《なぜ》鮟鱇《あんかう》の腹《はら》さ大《でつ》かいだと、當前《あたりまへ》よ。おらと、われと、何故《なぜ》男振《をとこぶり》が違《ちが》ふだと、③湯屋《ゆうや》の娘《あねえ》が吐《ぬ》かしたも同一《おんなじ》よ。」

「むゝよ、④お前《めえ》ら色男《いろをとこ》だよ、色男《いろをとこ》は狐《きつね》が好《す》きだぜ、そら、其處《そこ》さ一里塚《いちりづか》だ。」

「ホイ、南無阿彌陀佛《なむあみだぶつ》々々々々々々。」

「鼻《はな》の尖《さき》にぶら下《さが》つて、然《しか》もな、おらがに食《く》へると謂《い》ふでもねえに、とはじめは唯見《たゞみ》て居《ゐ》た内《うち》によ、今《いま》の其《そ》の、腹工合《はらぐあひ》を考《かんが》へただがな、まあ、聞《き》きねえ。

こりや、はあ、どうか眞圓《まんまる》ツこくすると人間一人《にんげんひとり》入《はひ》られさうだと思《おも》つてよ。それも道理《だうり》だ、⑤ひももありや、いともあり、橙色《だい〳〵いろ》も、樺色《かばいろ》も、蒼《あを》いんだの、紫《むらさき》だの、どしこと山《やま》に籠《こも》るわけだと考《かんが》へる内《うち》に、へゝ、おらあの、吉《きち》やい、」

「…………」

「妙《めう》な事《こと》を考《かんが》へた。そら、⑥ぱくりとあいた顎《あご》に牡丹《ぼた》⑦餅《もち》だ。一番《いちばん》、途中《とちう》で臟物《ざうもつ》を引《ひき》ずり出《だ》して、肝《きも》を拔《ぬ》いて、芋《いも》の葉《は》で、ぶら提《さ》げて行《い》つて、お鐵婆《てつばあ》さん店《とこ》を起《おこ》してよ……な。」

四

「お前《めえ》ら溫《ぬく》い飯《めし》い喰《く》ひな。おらあ、こいつをぐしや

①道士に見立てられた鮟鱇の号の「泰山」は「泰山府君」の略。中国の道教の神だが、後に地獄の十王の太三王と混同される。

②あなた。

③銭湯。

④狐はよく美女に化けて、男をたぶらかす。吉を脅かす言葉。

⑤鮟鱇の描写。音吉は夜の山道を歩きながら鮟鱇の不気味さを想像する。鮟鱇の口の中に紐や糸を思わせる白い筋がたくさんある。

⑥「ぱくりとあいた顎」は鮟鱇の大きく開いた口を指す。道中で鮟鱇の口に手を入れて内臓を引き出して食べることを諺「あいた口へ牡丹餅」(「努力しないで、思いがけなく幸運がやってくることのたとえ」)にかけている。

⑦鮟鱇の肝は一番美味しいところなので、高い値段で

〱と煮《に》て熱燗《あつかん》だ。⑦鮟鱇《あんかう》は肝《きも》が千兩《せんりやう》よ、默《だま》つて居《ゐ》ねえ、百兩《ひやくりやう》ぐれえは分《わ》けて遣《や》るよ。」

「厭《いや》だ、野郎《やらう》、最《も》ういひぐさが强盗《おしこみ》になりやがつた。止《よ》さつせえよ、悪《わる》い事《こと》を。

主《ぬし》が考《かんが》へるまでもねえ、鮟鱇《あんかう》の腹《はら》さ其《そ》のせゐで大《でつ》かいだ。賣《うり》ものの肝《きも》を抜《ぬ》いて、第一《だいいち》お前《めえ》、横濱《はま》の問屋《とんや》が承知《しやうち》しめえよ。」

「そんな事《こと》にぬかりがあるかい。まあ、默《だま》つて見《み》て居《ゐ》ねえよ、いや、どツこいしよ。」

「あれ、荷《に》を下《お》ろす。やあ、飛《とん》だ處《ところ》で。そら〱言《い》はねえこツちやねえ、皆呼吸《みんないき》を噴《ふ》いて、もそもそして居《ゐ》る。」

と慌《あわたゞ》しくわきへ退《ど》いた。榎《えのき》を溢《こぼ》るゝ月影《つきかげ》に、一里塚《いちりづか》から湧《わ》いて出《で》た蟇《ひきがへる》の氣勢《けはひ》して、のツそり這《は》ひさうな⑧捨草鞋《すてわらぢ》。

「此《こ》の馬《うま》の草鞋《わらぢ》をな、……臓腑《ざうふ》のかはりにへし込《こ》んでごまかすだ。其處《そこ》さぬかるやうなおらぢやねえ。

先方《さき》だつて問屋《とんや》だからな、直《す》ぐに⑨吊し斬《つるしぎ》りにするのでねえ。野毛《のげ》の何丁目《なんちやうめ》かの魚屋《さかなや》で、軒《のき》から馬《うま》の沓《くつ》を降《ふ》らすのが落《おち》よ。うまく南京町《なんきんまち》へでも入《はひ》つて見《み》ねえ、鮟鱇《あんかう》の腹《はら》から出現《しゆつげん》まし〱た⑩草鞋大王《わらぢだいわう》とか何《なん》とか云《い》つて、其處《そこ》さ破堂《やれだう》でも建立《こんりふ》して祭《まつ》るべいよ。」

吉《きち》は前方《さき》へ離《はな》れながら、⑪居合腰《ゐあひごし》の樹《こ》の下影《したかげ》、⑫夜《よ》なしの駕籠屋《かごや》が招《まね》くやうな、寂《さび》しい手《て》つきで、頻《しきり》におさへた。心《こゝろ》がらとて自分《じぶん》から幽靈《いうれい》じみたあはれな聲《こゑ》で、

「石佛《いしぼとけ》がござらつしやるによ、勿體《もつたい》ねえ〱。主《ぬし》や云《い》ふことから亂暴《らんばう》だ、よくねえよ、〱。よさつせえ。

第一場處柄《だいいちばしよがら》が、よくねえだ。悪《わる》い處《ところ》だ、⑬陸灘《をかなだ》だぜ。」

と言《い》ひかけてぎよツとした風《ふう》。⑭猪首《ゐくび》をすくめて、きよろ〱と、天《そら》に高《たか》い榎《えのき》から、戶《と》のない、箱《はこ》の如《ごと》き辻堂《つじだう》に、五體《たい》、晝《ひる》よりは尚《な》ほ判然《はつきり》と、月《つき》に露《あら》はれ見《み》え給《たま》ふ、佛《ほとけ》の姿《すがた》を、恐々《こはぐ〲》輪《わ》なりに眗《みまは》して、

「へゝゝ、結構《けつこう》な、佳《い》い處《ところ》でござりますな、へゝゝ。其《そ》の、へゝゝ、悪《わる》い眞似《まね》をするな、よくねえ場處柄《ばしよがら》でと申《まを》すんで……へ……えい、音《おと》、止《よ》せツてえに……よ。」

ざわ〱と梢《こずゑ》の風《かぜ》。

「ひえゝ、⑮後生《ごしやう》だ。これ、せめて、せめて、これ此處《こゝ》を出《で》て、明《あかる》い處《とこ》で遣《や》つて呉《く》れ。」

と寒《さむ》さうに立竦《たちすく》むを、此方《こつち》は血氣《けつき》でおもしろ半分《はんぶん》、

売れる。

⑧馬のひづめが傷つかないために草鞋を履かせた。道中、草鞋を取り替える必要があるため、使い古した草鞋が一里塚に捨てられた。

⑨鮟鱇を縄で吊し、内臓を取り出す料理法。

⑩中国では草鞋を神として祭る。道端の木の枝に破れた草鞋を掛けるのを見て、これに倣って掛けることが信仰の始まりだという。もし横浜の中華料理店が例の鮟鱇を買ったとすれば腹から落ちた草鞋を神の出現だと思い込み喜んで祭るだろうと音吉がふざけて言う。

⑪落ち着かない様子。

⑫夜だけ稼ぐ車夫。

⑬難所。一里塚というような魔所で泥棒の真似をすると何が起こるか分からないと心配する吉。

⑭太くて短い首。

⑮お願いだ。

榎《えのき》の根《ね》に踏《ふ》みはだかり、路《みち》の眞中《まんなか》へ縄《なは》を弛《ゆる》めた、天《てん》秤《びん》白く笊《ざる》に預《あづ》けて、鮟鱇《あんかう》を横《よこ》ざまに、胸一杯《むねいつぱい》に腹《はら》をかへして、兩手《りやうて》で重量《おもみ》をこたへながら、

「馬鹿《ばか》を云《い》ふもんでねえ。故《わざ》ツと明《あかる》い處《とこ》へ出《で》て、盗《どろ》賊《ばう》する奴《やつ》があるもんか。

おまけに何《なん》だぜ、①恁《か》う見《み》た處《ところ》は安達《あだち》が原《はら》だぜ。此《こ》のふくらんだ處《ところ》を見《み》ろ、裸《はだか》に剝《む》いた仰向《あをむ》けだ、——の腹《はら》を裂《さ》くだね、はあ、何《なん》と凄《すご》かんべい。」

と嵩《かさ》にかゝつて、魚《さかな》の腹《はら》に、頰《ほつ》ぺたを押《お》ツつけて、

「②むう、白《しろ》やかで暖《あつたか》い。」

「喰《く》ひ破《やぶ》りさうな事《こと》をする。えゝ、見《み》せえ、③主《ぬし》が口《くち》さ耳《み》まで裂《さ》けたやうでねえか。」

と獨《ひと》りで言《い》つて恐《おそ》ろしがる。

「④どりや仕事《しごと》に、」

と故《わざ》と思入《おもひい》れ、縄《なは》をさげてぬいと立《た》つ。

「⑤十八九といふ處《ところ》だ、はゝは、」

と高笑《たかわら》ひ。かさ〳〵と提《さ》げて出《で》て、笊《ざる》の蓋《ふた》にだふりと畝《くね》らし、筒袖《つゝそで》をぐいと揚《あ》げた、二《に》の腕《うでくろ》黒く、摑《つか》み手《で》に構《かま》へて見《み》せ、

「⑥やがて、鮮血《なまち》が、」

と心持震《こゝろもちふる》へて居《ゐ》さうな吉《きち》を見遣《みや》つて、

「⑦あゝ、何處《どこ》かで絲《いと》を繰《く》る音《おと》がする。」

五

「様《ざま》あ、駈《か》け出《だ》すやい、腰抜《こしぬ》けい。」

街道《かいだう》の並木《なみき》がくれに、汽車《きしや》ばしりの吉《きち》が影《かげ》、一散《いつさん》に遁《に》げ出《だ》した時《とき》ばかりは、初鰹《はつがつを》を擔《かつ》いだもののやうであつた。

「とう〳〵見《み》えなくなりやがつた、⑧十町一《じつちやうひと》のしだ、何《なん》の遁《に》げずともの事《こと》を。」

とおツかけさうな身體《からだ》の構《かまへ》で、其《そ》の天秤《てんびん》の傍《そば》を未《ま》だ離《はな》れなかつた、音吉《おときち》は、見送《みおく》り果《は》てたが、氣抜《きぬ》けがしたやうな様子《やうす》。⑨筋《すぢ》を入《い》れた腕《うで》を忘《わす》れて、何《なん》となく四邊《あたり》が見《み》られた。

一人《ひとり》に成《な》つたことに心《こゝろ》づくと、自分《じぶん》とても、二人《ふたり》の時《とき》ほど、豪傑《がうけつ》では無《な》かつたのである。

「何《なん》の去《い》つちまはねえだつて可《い》いものをよ。」

と思《おも》はず拍子《ひやうし》ぬけの溜息《ためいき》をすると、言《い》ふまでもない一里塚《いちりづか》。前《まへ》には五體《たい》の石佛《いしぼとけ》、榎《えのき》が上《うへ》に押《おツ》かぶさつた、⑩下《した》に誰《たれ》のやら分《わか》らぬやうな、重《かさ》ねた笊《ざる》にたてかけた天秤棒《てんびんぼう》。

縄《なは》がたるんで蓋《ふた》の上《うへ》に——あゝ、詰《つま》らぬことを言《い》はねばよかつた。尋常《じんじやう》に其《そ》の膨《ふく》らかな腹《はら》をのけざま

①鮟鱇の口に手を入れて、内臓を引きだそうとする音吉は安達が原の鬼女を思い出す。浄瑠璃『奥州安達原』（近松半二ら作、一七六二年初演）の四段目では、老婆が妙薬になる胎中の赤子の血を得るため、妊婦の腹を十文字に切り裂く場面がある。鮟鱇の膨らんだ腹は妊婦の姿を思わせる。

②鮟鱇の腹が白い。音吉がほっぺたを鮟鱇の腹に付けた行為にはエロチックな意味合いが含まれている。

③吉には、鮟鱇の内臓を引きだそうとする音吉が恐ろしい鬼女のように見える。「年寄りは後生一ぺん、（南無阿弥陀仏々々々々。）と唱ふる口は耳までさけ、安達が原の黒塚に、こもれる鬼といひつべし」（『奥州安達原』）。

④『奥州安達原』の科白「ドレそろ〳〵やりかけ

に、なよ〳〵と尾《を》を垂《た》れて、屠《ほふ》る手《て》を待《ま》つ狀《さま》なるが、俎《まないた》を餘《あま》つた頭《かしら》は、白《しろ》ずんだ咽喉《のど》を突張《つゝぱ》つて、覺悟《かくご》して首垂《うなだ》れた風情《ふぜい》はなく、もの言《い》ひたげに顎《あご》を張《は》つて、裂《さ》けるが如《ごと》く目《め》を睜《みは》つた、大《おほ》いなる魚《うを》の目《め》の艶《つや》は、實際猫《じつさいねこ》のそれよりも輝《かゞや》くのである。其《そ》の大《おほ》きな目《め》がまた意地惡《いぢわる》く目《め》について、見《み》まいとしても月《つき》の隈《くま》に、動《うご》かぬ光《ひかり》が据《すわ》つたやうに瞳《ひとみ》を射《い》る。

思《おも》はず熟《じつ》と見入《みい》つて居《ゐ》ると、くる〳〵と動《うご》く。ぎよツとして、傍《そつぽ》を向《む》いたが、動《うご》くは鮟鱇《あんかう》の目《め》のみでない。

石佛《いしぼとけ》の五《いつ》ツの姿《すがた》も、榎《えのき》の枝《えだ》も、馬《うま》の沓《くつ》も、行方《ゆくへ》遙《はるか》に小山《こやま》にかゝる一幅《ひとはゞ》の明《あか》る夢《ゆめ》のやうな街道《かいだう》も、彳《たゝず》むものの爪尖《つまさき》も、ぶる〳〵と、描《ゑが》いた水《みづ》の線《せん》の如《ごと》く微《かす》かに搖《ゆ》れるのは、何處《どこ》からともなく寒《さむ》さがこゝに渡《わた》るので、こんな時《とき》、月《つき》の光《ひかり》が風《かぜ》に染《し》みて、刻々《きざ〳〵》な霜《しも》を拵《こしら》へる。

其《そ》の見《み》えない霜《しも》を、音吉《おときち》は口《くち》を開《あ》けて、咽喉《のど》へ吸《す》つて悚然《ぞつ》とした。

「お〻、寒《さむ》い。」

一層《いつそ》止《や》めようか……

と思《おも》つたけれども、此《こ》のまゝにして建場《たてば》まで駈《か》けつけるか。婆《ばゞあ》が店《みせ》で、吉《きち》に逢《あ》ふと、彼奴《あいつ》が又《また》、溫《あたゝか》い飯《めし》を喰《くら》つて、氣《き》の強《つよ》くなつた處《ところ》、今《いま》までの遣《や》ツ返《かへ》しに、⑪叩《たゝ》き潰《つぶ》して黒焼《くろやき》にして弱蟲《よわむし》にして道中《だうちう》すがら賣《う》られよう。

それも口惜《くやし》い。

爰《こゝ》はどうでも鮟鱇《あんかう》の腹《はら》と、おらが肝《きも》をば釣《つり》かへにすべきである。

と茫乎物思《ぼんやりものおも》ふ額《ひたひ》へ、ひやり。

「あツ、」と云《い》ふ頸許《えりもと》から腰《こし》を傳《つた》つて、かさ〳〵と月夜《つきよ》を一枚《いちまい》、足許《あしもと》が、深《ふか》い谷《たに》ででもあるやうに沈《しづ》んで落《お》ちた。

落葉《おちば》も、友《とも》を誘《さそ》つて、ぱら〳〵と舞《ま》つて、颯《さつ》とこぼれて、何時何處《いつどこ》へやらなくなるやうなのは、搔撫《かいな》でのざらだけれども、梢《こずゑ》にも枝《えだ》にも星《ほし》の數《かず》よりまばらになるまで、二葉三葉枯殘《ふたはみはかれのこ》つて居《ゐ》るのも、たゞものではない。

「えゝ、何《なん》だい。」

と叱言《こゞと》をいふやうな、得《え》いはぬやうな、音吉《おときち》は自分《じぶん》を叱《しか》るやうに、ぶつ〳〵……烈《はげ》しく一《ひと》ツ横《よこ》に其《そ》の顱巻《はちまき》を引擦《ひつこす》つた。

「⑫まゝよ、」

と、魚《さかな》の腹《はら》に望《のぞ》むと、餘《あん》まりよく、誂《あつら》へたやうに笊《ざる》の蓋《ふた》に乘《の》つて居《ゐ》て、待《ま》ちかまへて居《ゐ》るらしい。天秤《てんびん》

⑤鮟鱇を十八～九歳の娘に見立てることか。

⑥『奥州安達原』では、老婆は妊婦の腹から赤子を取り出したあとに「赤子の血潮をてつ取り早く、用意の器に絞り込み」。

⑦謡曲『黒塚』（観世流『安達原』）では、老婆の姿をした鬼女が糸を繰る場面がある。音吉は吉を脅かすつもりで言った。

⑧十町（約一キロ）の距離を一息で走る。

⑨鮟鱇の内臓を引き出すために腕に力を入れたこと。

⑩自分が置いた天秤棒が誰かが残したように見えるのは音吉の不安定な精神状態を示しており、この節の最後の文章とつながっている。

⑪動物を蒸焼きにして黒焦げにすること。吉による仕返しを比喩的にいう。

⑫なるようになれ。

の、いゝ工合《ぐあひ》に暇《なはて》の眞中《まんなか》に荷《に》によツかゝつて、所在《しよざい》なささうに見《み》えるのも、自分《じぶん》が爲《し》た事《こと》ながら、誰《たれ》かが……誰《たれ》かが……

六

それでも、①がむしやらに思切《おもひき》つた。音吉《おときち》は血氣《けつき》だから、一番取《いちばんと》ツ組《く》む氣《き》で、片手《かたて》で仰向《あをむ》いた鮟鱇《あんかう》の、腹《はら》の下《した》あたりを壓《おさ》へつゝ……

恁《か》うまで力《ちから》を入《い》れるには當《あた》らないのだけれども、何《なん》だか、出逢《であ》つた敵《かたき》のやうな氣《き》がしたので、一生懸命《いつしやうけんめい》。

②ぬめりと滑《なめら》かな、而《そ》して蒼白《あをじろ》い、水紅色《ときいろ》の環《わ》を環《わ》取《ど》つて柔《やはら》かな顎《あご》の透《すき》へ、矢庭《やには》に差入《さしい》れむとした手首《てくび》が震《ふる》へた。

上《うは》ずつて腕《うで》が硬《こは》く成《な》つたのである。恐《おそろ》しい淵《ふち》へ飛込《とびこ》むと思《おも》つたが、目《め》を眠《ねむ》つたのである。

「痛《いた》いよ。」

トタンに耳《みゝ》の底《そこ》へ、遠《とほ》い、遙《はるか》な處《ところ》で言《い》つたやうに聞《きこ》えたので、ハツと思《おも》ふと目《め》が開《あ》いた。音《おと》の右手《みぎて》は、手首《てくび》を籠《こ》めて魚《さかな》の顎《あご》へ入《はひ》つて居《ゐ》た。

しやにむに其《そ》の手《て》に搦《から》まつた、腸《はらわた》を曳出《ひきだ》さうと殆《ほとん》ど夢中《むちう》に引掴《ひツつか》む。

「徐《そつ》と、」

と再《ふた》び、今度《こんど》は何處《どこ》でか谺《こだま》がすると思《おも》つたほど、判然《はつきり》と聞《きこ》えたのである。

飛上《とびあが》るほどに、慌《あわ》てて引《ひ》くと手《て》が動《うご》かぬ。

「曳《えい》、」と曳《ひ》くのと、腕《うで》がしびれたのと、③掌《たなぞこ》に餘《あま》つたのを放《はな》したのと、無性《むしやう》に手《て》を振《ふ》つたのと、地蹈《ぢだん》鞴《だ》を踏《ふ》んだのと恰《あたか》も同時《どうじ》で。

地《つち》へたゝきつけたものから、むら〳〵といきれが立《た》つた、生暖《なまあつた》かい、咽《む》せるやうな、湯氣《ゆげ》の如《ごと》き白氣《はくき》一團《いちだん》。

脈々《みやく〳〵》として空《そら》ざまに、宙《ちう》で搖《ふ》る音吉《おときち》の肩《かた》を籠《こ》めて、やがて咽喉《のど》をせめて、頰《ほ》を傳《つた》ひ、面《おもて》を打《う》つて、目《め》を包《つゝ》んだ。

「わい、」と反《そ》つて、矢鱈《やたら》に掴《つか》んで兩手《りやうて》で目《め》のあたりを搔《か》きのめしつゝ、くる〳〵と廻《まは》つた。が、苦《くる》しく一呼吸《ひといき》ついた時《とき》、榎《えのき》を中《なか》に、兩方《りやうはう》へ、朦々《もう〳〵》として眞白《まつしろ》な濃《こ》い雲《くも》の、八九間《けん》、障子《しやうじ》の如《ごと》く連《つらな》つて、立迷《たちまよ》つて居《ゐ》るのを發見《みだ》したのである。

唯《たゞ》狹霧《さぎり》の中《なか》に卷《ま》かれた如《ごと》く、蜘蛛《くも》の圍《い》に包《つゝ》まれた如《ごと》く、惘然《もうねん》として、身動《みうご》きもならず視《なが》めて居《ゐ》ると、

①我武者羅。むちゃくちゃに振る舞うこと。
②音吉は鮟鱇の輪の形の紅色の柔らかい口に深く手を入れる。
③音吉は手にあまった鮟鱇のぬるぬるした内臓を命がけに取り払おうとする。
④幽霊は柳の下に出現する場合が多い。柳を切ると幽霊が出るという俗信もある。
⑤被り物が落ちた様子。霧が消えた比喩。

其《そ》の兩方《りやうはう》から、少《すこ》しづゝ薄《うす》らいで、段々《だん〳〵》に、田《た》の果《はて》へ消《き》えるのか、身《み》のまはりへ迫《せま》るのか、次第《しだい》に端《はし》ぼかしに眞中《まんなか》が濃《こ》くなつて、やがて此《こ》のあたりには見《み》も馴《な》れぬ、④一本《ひともと》の柳《やなぎ》をふツくりと包《つゝ》んだらしい、ものの姿《すがた》が、すらりと傍《かたはら》に纏《まと》まつた。

⑤ト被《かつぎ》がすべつた風情《ふぜい》、颯《さつ》と霽《は》れた、⑥積《つも》つた雪衣《せつい》の落《お》ちたのは、地《ち》の下《した》に入《はひ》つたらうか、それとも中《なか》空《ぞら》へ飛《と》んだらうか、折《をり》から月《つき》の傍《かたはら》に、梢《こずゑ》を刷《は》いて薄《うす》雲《ぐも》が渡《わた》つたのである。

　扨《さ》て其《そ》の彳《たゝず》んだ姿《すがた》のまゝに、霞《かすみ》を分《わ》けた柳《やなぎ》の葉《は》、影《かげ》艶《つや》やかにはら〳〵と黒髪《くろかみ》を丈《たけ》に亂《みだ》して、枝《えだ》ぶり映《うつ》る月《つき》の隈《くま》を、衣《き》もののひだになよやかな、薄色衣《うすいろぎぬ》の腰細《こしほそ》う、頸《うなじ》、耳許《みゝもと》、頰《ほゝ》のあたり眞白《ましろ》に俤《おもかげ》に立《た》つたる美女《たをやめ》。⑦撫肩《なでがた》のありや、なしや。袖《そで》を兩脇《りやうわき》に搔垂《かいた》れたが、爾時《そのとき》、ほろ〳〵と衣紋《えもん》が解《と》けて、雪《ゆき》の乳房《ちぶさ》の漏《も》れたと見《み》ゆる、胸《むね》のあたりで美《うつく》しい、つゝましげな兩《りやう》の手首《てくび》を開《ひら》くと、鳩尾《みづおち》かけて姿《すがた》を斜《なゝ》めに、裳《もすそ》を寛《ゆる》くはらりと捌《さば》いた、褄《つま》をこぼれて、袂《たもと》にからんで、⑧月《つき》にも燃《も》ゆる緋縮緬《ひぢりめん》。

　頸《うなじ》を傾《かたむ》け、月《つき》に向《むか》へる、玉《たま》の顏《かんばせ》、眉《まゆ》を開《ひら》いて、恍《うつ》惚《とり》と目《め》を眠《ねむ》つたまゝ、今《いま》ほころびた花《はな》かとばかり、得《え》ならぬ薫《かをり》はツと散《ち》つて、ホと小《ちひ》さく、さも寛《くつろ》いだらしく伸《のび》をした。

　其《そ》の目《め》をぱツと鈴《すゞ》のやう、清《すゞ》しき瞳《ひとみ》を見《み》向《む》けたが、⑨丹花《たんくわ》の朱唇《くちびる》愛々《あい〳〵》しく、二十《はたち》を越《こ》した年《とし》ごろながら、處女《むすめ》のやうにふツくりと、下《しも》ぶくれなのが笑《ゑみ》を含《ふく》んで、熟《じつ》と天窓《あたま》から視《なが》めたので。

　⑩大入道《おほにふだう》なら破《やぶ》れかぶれ、嚙《かじ》りつきもしたであらう、音吉《おときち》は唯《たゞ》へと〳〵と腰《こし》が崩《くづ》れて、ベツたり尻餅《しりもち》。顱巻《はちまき》天窓《あたま》を伏目《ふしめ》に見《み》て、美女《たをやめ》は、昔《むかし》から馴染《なじみ》らしい、打解《うちと》けた笑顔《ゑがほ》で莞爾《につこり》。

七

「えゝ、何《なん》だね、ぐツ、ぐツ、ぐ、鳴《な》いてるのは、――川底《かはそこ》へ泡《あわ》さ立《た》つやうな、はあゝ、汐《しほ》が引《ひ》くだかな。」

　と言《い》ふ聲《こゑ》の汐《しほ》も退《ひ》いて、音吉《おときち》は（爾時《そのとき》、――）と同一《おなじ》皎々《かう〳〵》たる一帶《いつたい》潮入《しほいり》の小川《をがは》の月夜《つきよ》、⑪田越《たごし》にそよぐ蘆《あし》の中《なか》に、澤蟹《さはがに》のやうな踞《しやが》み工合《ぐあひ》。向《むか》う顱巻《はちまき》に結目《ゆひめ》を立《た》てて、目《め》を圓《まる》くして默《だま》つた。

　傍《かたはら》にぬいと立《た》つ、二抱《ふたかゝへ》ほどの大《おほ》きな姿《すがた》は、月夜《つきよ》に擴《ひろ》がつた影《かげ》ではない、一人《ひとり》の親仁《おやぢ》の、天窓《あたま》からすつぽりと霜《しも》を被《かつ》いだ⑫夜具《やぐ》である。

⑥積もった雪の衣が落ちる。つまり雪が溶けること。ここでは不思議な霧がどこへ消えたのかを溶ける雪にたとえている。
⑦撫で下ろしたようになだらかに下がっている肩。
⑧女性の長襦袢（着物の下着の一種）に用いる緋色の縮緬。
⑨美女の赤い唇。
⑩坊主頭の背の高い化け物。見越入道《みこしにゆうどう》の別称。江戸時代から認知度の高い典型的な化け物。音吉にとって、魔物が大入道の形ではなく、美女の形で現れたのが意外だった。大入道なら自分が必死になってかじりついただろうが、美女の化け物だったので腰が抜けたと言う。
⑪逗子湾に流れる田越川。
⑫搔巻・夜着ともいう。着物のような形で綿を入れたもの。

手足《てあし》とともに、からびた聲《こゑ》して、

「どれ、其《そ》の畚《びく》を一寸見《ちよつとみ》せろよ、序《ついで》に實檢《じつけん》してやるだ。」

「澤山《たんと》は無《ね》えだよ。」

音《おと》は蘆《あし》の根《ね》に手繰《たぐ》つてある、ずぶ濡《ぬれ》の投網《とあみ》の下《した》から、眞黑《まつくろ》な畚《びく》を釣《つ》ると、ほたくと枯葉《かれは》ずれ、寒《さむ》さに堅《かた》いやうな雫《しづく》の音《おと》。小夜具《こやぐ》の袖《そで》から大《おほ》きな手《て》で、ぐいと取《と》つた、親仁《おやぢ》は鼻《はな》の尖《さき》で、ざらざらと振《ふ》つて透《す》かして見《み》て、

「はあ、①鯊《はぜ》の馬鹿野郎《ばかやらう》を二疋《ひき》か、②海津《かいづ》が一《ひと》ツな。」

と、も一《ひと》ツ傾《かたむ》けて振《ふ》ると、ぐツぐツぐツぐツ、此《こ》の寂《しん》とした中《なか》に呟《つぶや》くものあり。

「これだ。此處《こゝ》にはらんばひに成《な》つてござる、此《こ》の③もろ鯵《あぢ》めが腹《はら》で鳴《な》くだ。」

「もろ鯵《あぢ》が鳴《な》くだとね。へい、④最《も》う魚《さかな》の腹《はら》に文句《もんく》のあるのは禁物《きんもつ》だよ。」

と薄寒《うすさむ》さうな苦笑《にがわら》ひ。

「其《そ》のしみつたれな了簡《れうけん》だ。一里塚《いちりづか》で魔《ま》が魅《さ》したも無理《むり》はねえ。又《また》もろ鯵《あぢ》の鳴《な》くことも知《し》らねえやうな素人《しろうと》の癖《くせ》に、何《なん》だつて、鮟鱇《あんかう》の臓物《ざうもつ》を狙《ねら》つたり、一人《ひとり》で網打《あみうち》になんぞ出《で》かけるだえ。道理《だうり》こそ、宵《よひ》からかゝつて、蚯蚓《みゝず》のやうな小魚《こざかな》が三《み》ツ四《よ》ツ。あとは畚《びく》一杯《いつぱい》になつて渡《わた》り蟹《がに》の大《おほ》きいのが、藻屑《もくづ》の生《は》えた大《おほ》鋏《ばさみ》を、ト構《かま》へてござる。

投網《とあみ》で蟹《かに》を打《う》つて、大事《だいじ》に畚《びく》へ入《い》れるやうぢや、ともづりで蜻蛉《とんぼ》の方《はう》だ。

え、、音《おと》。」

「あいよ。」

「お不動様《ふどうさま》の窟《いはや》の下《した》から、新宿《しんじゆく》の波打際《なみうちぎは》な、鳴鶴《なきづる》ケ濱《はま》の川尻《かはじり》、此《こ》の田越川《たごしがは》をかけて網《あみ》を打《う》つなら、兎《と》も角《かく》も一遍《いつぺん》は、伊澤様御別荘《いざはさまごべつさう》の、此《こ》の七親仁《しちおやぢ》に斷《ことわ》つて呉《く》れ。

二十代《はたちだい》の若《わか》いものが、夜中《よなか》に霜《しも》が降《お》りればとつて、何《なん》だ、其《そ》の長股引《ながもゝひき》に草鞋《わらぢ》はよ。

氣《き》の利《き》かねえ居候《ゐさふらふ》が、大掃除《おほさうぢ》の溝《どぶ》さらひといふもんだ、裸《はだか》で遣《や》れ。

泳《およ》いで手捕《てづかま》へにする心懸《こゝろが》けでなくツちや、思《おも》ふやうに網《あみ》は打《ぶ》てねえ。泡《あわ》あ喰《く》つた烏賊《いか》ぢやなし、長股《ながもゝ》引《ひき》で泳《およ》げるかい、藝《げい》もねえ。」

「むゝよ、だからよ、何《なん》だな、おらが父爺《ちやん》も同一《おんなじ》やうなことを言《い》つて遣込《やりこめ》るよ——
⑤（爾時《そのとき》、）も矢張《やつぱり》……密《そつ》と網《あみ》を背負《しよ》つて出《で》てな、九時《じ》が過《す》ぎても一尾《びき》もかゝらねえだで、茫乎歸《ぼんやりかへ》るか、丁《ちやう》ど父爺《ちやん》め⑥二合半《こなから》煽《あふ》つて、爐《ろ》ばたに大胡坐《おほあぐら》で昔自慢《むかしじまん》

①スズキ目ハゼ科に属する魚の総称。
②クロダイの若魚。
③スズキ目アジ科の海産魚（「むろあじ」の変化した語）。アジは腹から小さな鳴き声を出す。
④鮟鱇の肝が女に化けたことを目撃した音吉にとって、腹から話す魚はもうこりごりだ。
⑤つまり、鮟鱇を取った一年前の出来事。
⑥比喩的に酒の少量。

の潮先《しほさき》だもの。空畚《からびく》を提《さ》げて網《あみ》をびしよびしよと遣《や》つた日《ひ》にや、天窓《あたま》からこかされて、こツそり夜具《やぐ》を被《かぶ》つても、蒲團《ふとん》の上《うへ》で⑦幅《はゞ》の利《き》かねえツたらねえからな。唐突《だしぬけ》に手柄《てがら》をして、小遣《こづかひ》三貫《さんぐわん》な處《とこ》見《み》せて呉《く》れうと、其處《そこ》ではあ、新宿《しんじゆく》さおしかけて、網元《あみもと》から横濱《はま》ゆきを一荷《いつか》貰《もら》つて、吉《きち》の奴《やつ》とつるんで出《で》かけた鮟鱇《あんかう》だがね。

　おらあ、眞個《ほん》のこツた。目《め》の前《まへ》にぶらさがつて居《ゐ》るのさ見《み》て、はじめの内《うち》は、何故《なぜ》恁《か》う腹《はら》が太《でか》かつぺいな、と思《おも》つただよ。

　それがお前《めえ》。」

と呼吸《いき》をつく。

「むゝ、待《ま》ちなよ。餘《あんま》り不思議《ふしぎ》だで、一概《いちがい》に嘘《うそ》ツぱちだとも思《おも》はれねえだ。眞個《まつたく》だら、はい、七親仁《しちおやぢ》だとて抜《ぬ》きかねねえさ。——われ、腰《こし》さ抜《ぬ》いて、それから、何《ど》うした。」

八

「七親仁《しちおやぢ》、聞《き》かつせえ——

眞個《まつたく》のこツたが、下《した》ツ腹《ぱら》ががツくりすると、筋《すぢ》がへと〳〵になつたやうだ。腰《こし》に他愛《たわい》がなく抜《ぬ》けただがね、はあ、恥《はぢ》も外聞《ぐわいぶん》も何《なに》もねえだ。」

「當前《あたりめえ》よ。肝《きも》さ盗《ぬす》んで、馬《うま》の沓《くつ》へし込《こ》んで置《お》かうと思《おも》つた鮟鱇《あんかう》の腹《はら》の中《なか》から、そんな別嬪《べつぴん》さ摑《つか》み出《だ》して、それで取組《とつく》み合《あ》つたとか、退治《たいぢ》たとか、われが恥《はぢ》や外聞《ぐわいぶん》のあるやうな話《はなし》なら、誰《だれ》が眞《ま》に受《う》けて聞《き》いて居《ゐ》べい。……腰《こし》い抜《ぬ》いたで、承知《しようち》するだ。」

「へゝ、然《さ》うまで言《い》つてくんなさることもねえ。」

と、親仁《おやぢ》が放下《ほか》した畚《びく》の中《なか》を、人指《ひとさし》ゆびで突《つゝ》いて悄《しよ》げる。

「だつてよ、おらだつて抜《ぬ》くべいと、附合《つきあ》つて居《ゐ》るだから可《い》いでねえか、われればかり抜《ぬ》くとは言《い》はねえ。」

「⑧誰《だれ》が抜《ぬ》いたつて、餘《あんま》り可《い》い圖《づ》では無《ね》えだからな。」

「可《い》いわ、それから、われどうしただ。」

「あゝ、然《さ》うやつて——莞爾《につこり》してな——而《そ》してお前《めえ》、眞紅《まつか》なのをちら〳〵と、」

「⑨はあ、舌《した》を出《だ》したか。」

「うゝむ、裾《すそ》だよ。何《なに》も見得《みえ》を言《い》ふぢやねえけんど、そんな、⑩もゝんがあで、舌《した》を突出《つんだ》すやうな甘術《あまて》な奴《やつ》なら、おらだつて咽喉笛《のどぶえ》へ喰《く》ひつくだよ。」

「いや、此《こ》の方《はう》が可恐《おつかな》かつぺい。」

⑦肩身が狭い。

⑧七親仁は音吉が美女を見て腰を抜かしたことに同情するが、この大げさな反応は音吉にとって面白くない。「腰を抜かす」に巡る滑稽な会話文。

⑨化け物は人を脅かすとき、舌を出すという定着したイメージがある。音吉が魔物の真っ赤なものをちらっと見たと言うと、七親仁はまず赤いベロを連想した。

⑩ももんがあは目と口を手で広げながら「ももんがあ」と叫んで人を脅かすという素朴な遊びから発展した化け物。音吉はそんなありきたりの子供めいた化け物ならば、喉笛へ喰いつくと言う。大入道に対しての文句（六節の終わり）と似たような強がり。

「粋《いき》で高等《かうとう》とやらで、はあ、神様《かみさま》のやうな、氣高《けだか》いだ。

　それからな、其《そ》の、髪《かみ》さ捌《さば》いた、取亂《とりみだ》した姿《すがた》で、白《しろ》い裾《すそ》さ、ちら〳〵とお前《めえ》、足《あし》なんぞ雪《ゆき》のやうに、白いことは、人間《にんげん》にかはりはねえだ。二足《ふたあし》、三足《みあし》、おらが方《はう》へ寄附《よつ》くのだから、唯最《たゞも》う、やたらにお辭儀《じぎ》をした。」

――音吉《おときち》は脛白《はぎしろ》く蓮歩《れんぽ》を移《うつ》した美女《たをやめ》の前《まへ》に、這《は》ひ廻《まは》つて、石佛《いしぼとけ》の五體《ごたい》に五度《いつたび》、榎《えのき》に一度《いちど》、馬《うま》の沓《くつ》の數《かず》ばかり、夢中《むちう》になつて拜《をが》んだのであつた――

「其《そ》のうちに何《なん》か云《い》つた、其《そ》の別嬪《べつぴん》が何《なん》か云《い》つたがな、おらに、（何處《どこ》へおいでだえ）ツて云《い》ふやうに聞《きこ》えただ。

（何故《なぜ》、孕婦《①はらみをんな》のやうだなんて、魚《さかな》の腹《はら》を抉《ゑぐ》つた。）とでもいはれりや、一《いち》も二《に》もなく天窓《②あたま》から鹽《しほ》だんべいで、耳《みゝ》がぐわんと成《な》つて聞《きこ》えごとはなかつただけれど、行《ゆく》さきを尋《たづ》ねるだから、新宿《しんじゆく》の濱《はま》で取《と》れた魚《さかな》さ荷《にな》つて、これから山越《やまごえ》に横濱《はま》まで參《まゐ》ります、とな、返事《へんじ》ぶつたやうに思《おも》つただが、聲《こゑ》が出《で》たか何《ど》うだかな、自分《じぶん》にも分《わか》らねえだ。

　魔物《まもの》は見透《みとほ》しだ。それとも、聞《き》き取《と》つただか、何《ど》うだか知《し》んねえ。

（私《わたし》を一所《いつしよ》に連《つ》れておいで。）

（夜《よ》の明《あ》けぬうちに、早《はや》く。）と、あるだね。

　惡《わる》くすると、然《さ》うやつて、腰《こし》が地《ぢ》へ附着《くつつ》いて居《ゐ》る内《うち》に、首《③くび》さ、榎《えのき》の梢《こずゑ》へ抜《ぬ》け上《あが》つて、ばた〳〵手足《てあし》を挣《もが》いて居《ゐ》る自分《じぶん》の身體《からだ》を、高《たか》い所《とこ》から瞰下《みお》ろされうも知《し》んねえだに、連《つ》れて行《い》けは耳《み》よりだよ。

　せめて、一里塚《いちりづか》抜《ぬ》け出《だ》すだけでも、呼吸《いき》が吐《つ》けると踏張《ふんば》つて、背中《せなか》を荷《に》にして腰《こし》い切《き》つたが。

　後生《ごしやう》になるから、一人《ひとり》でさつさと遁《に》げて行《ゆ》け、と言《い》つて呉《く》れれば、と思《おも》つたのが、然《さ》うも行《い》かねえ。

　荷繩《になは》をかけ直《なほ》すのを、傍《そば》に立《た》つて見《み》てござるだ。鮟鱇《あんかう》は血《ち》だらけになつて、馬《うま》の沓《くつ》の中《なか》さ落《お》ちて居《ゐ》たよ。

　おら、又《また》、頭《あたま》の頂邊《てつぺん》から慄然《ぞつ》としたい。それを、はあ、拾《ひろ》ひ取《と》りに擡《もた》げる時《とき》は、何《なん》だか知《し》んねえ、徐《そつ》と、別嬪《べつぴん》の顏《かほ》さ覗《のぞ》いただね。」

「ふん、其處《そこ》で物凄《ものすご》く睨《にら》んだか。」

「何《なに》、矢張《やつぱり》、たゞ人間《にんげん》の、極《ごく》しとやかな、柔和《にうわ》な、思《おも》ひやりのある風《ふう》で、莞爾《につこり》と笑《わら》つて居《ゐ》ツけ。

　何事《なにごと》も、承知《しようち》の上《うへ》、堪忍《かんにん》して置《お》くわ、私《わたし》は優《やさ》しいよ、と云《い》つたやうな顏色《かほつき》で、鷹揚《おうやう》に見《み》えただよ。七《しち》親仁《おやぢ》。」

①妊娠している女。
②化け物は頭から塩をかけて人間を食べるという。
③「抜け首」はろくろ首の別称。もし美女の頼み事を断ったら、首が抜け上がって、高いところから自分を見下ろすと心配する音吉。首が抜け上がる妖怪は腰を抜かした音吉の対比になる。

九

霜《しも》は滿《み》ち布《し》けど、月《つき》の光《ひかり》が掻消《かきけ》す狀《さま》の、いひ知《し》れぬものありて、其《そ》の間《あひだ》を隔《へだ》つるや、傾《かたぶ》きながら遠《とほ》いやうな、大空《おほぞら》を蘆《あし》から仰《あふ》いで、

「矢張《やつぱり》、こんな月《つき》だつけな。一里塚《いちりづか》を出《で》てから、はあ、街道《かいだう》へかゝつただが、並木《なみき》の松《まつ》も、あれから山《やま》へかけて段々《だん〳〵》疎《まば》らに成《な》るだから、風《かぜ》がなくツても吹《ふき》通《とほ》すわ。

それに、又《また》おらが急《いそ》いで歩行《ある》くだから、はら〳〵と裾袂《すそたもと》の音《おと》がして、其《そ》の別嬪《べつぴん》がな、人懐《ひとなつか》しさうに、おらと附着《くツつ》いて跣足《はだし》だね。

榎《えのき》さ背後《うしろ》から押《おつ》かぶさつて居《ゐ》た時《とき》は、葉《は》は無《ね》えだが幹《みき》の影《かげ》が俤《おもかげ》に添《そ》つたつぺい。地面《ぢびた》へ腰《こし》を抜《ぬ》いたおらが目《め》には、猶《なほ》の事《こと》、大《おほ》きな脊《せ》の高《たか》い上臈《④じやうらふ》に見《み》えたつけが、伝《か》うして見晴《みはら》しを並《なら》んで歩行《ある》けば、小柄《こがら》な婦《をんな》ぢやねえけんど、それでもおらが見《み》て肩《かた》ぐれえだ。

それに又《また》、さし當《あた》り鬼《⑤おに》にも蛇《じや》にも化《ば》けさうにも爲《し》ねえだから、夜《よ》の明《あ》けるまで此《こ》のまんまなら何《なん》の事《こと》はねえ。

些《ちく》と中年増《⑥ちうどしま》のお嬢様《ちやうさま》だ。

でもよ、おらが妹《いもうと》とでも道《みち》づれで行《ゆ》くやうに、口《くち》い利《き》ける義理《ぎり》でねえから、默《だんま》りで急《いそ》いだが、時々《とき〴〵》密《そつ》と竊《ぬす》むやうにして、横目《よこめ》でちらりと見《み》る度《たび》に、唯憟《たゞぞ》氣々々《く〳〵》と足《あし》まで染《し》みるのは、其《そ》の妖艶《あでやか》さよ。

だがね、七親仁《しちおやぢ》。

それだけなら、何《なに》も變《かは》つた事《こと》はねえだけれど、どうも眞個《ほん》ものの人間《にんげん》でねえことがあつた。」

⑦「ちら〳〵と尾《を》が見《み》えたか。」

と七親仁《しちおやぢ》は夜具《やぐ》の袖《そで》に肱《ひぢ》を極《き》めた、兩《りやう》の手《て》を頰杖《ほゝづゑ》で、交《ま》ぜ返《かへ》しつゝ眞面目《まじめ》で聞《き》く。

「馬鹿《ばか》いふもんでねえ、尻尾《しつぽ》をつかまへられるやうな、そんな化狀《ばけざま》ではねえと云《い》ふに。

其《そ》のな、變《かは》つたことと云《い》ふのは、處々《ところ〴〵》で、ふら〳〵とおらが目《め》に入《い》つた、大勢《おほぜい》、其《そ》の別嬪《べつぴん》のお供《とも》をするのが、月影《つきかげ》に露《あら》はれただよ。」

「お供《とも》がな。」

「むゝ、はじめ氣《き》がついた時《とき》は、おら、一里塚《いちりづか》の石《いし》佛《ぼとけ》さ、あのなりで、五體《たい》、ぞろ〳〵とついてござつたかと思《おも》つたい。二度目《どめ》に氣《き》がついた時《とき》は、最《も》ツと人數《にんず》が多《おほ》かつた、ものの十四五人《にん》も居《ゐ》つらうか。

而《そ》してな、皆《みんな》……婦人《をんな》の姿《すがた》だつたぜ。」

「奇代《きたい》だな、すると魔物《まもの》の頭《かしら》かな。」

④女。

⑤恐ろしい妖怪に変身しそうでもないので、音吉は一安心する。「道成寺」説話の清姫が蛇体の鬼になることを踏まえた。

⑥二十歳をすぎてから、二十八、二十九までの女性の頃。

⑦前節の七親仁の科白「はあ、舌を出したか」と似ており、化け物に対する古い固定概念を表している。音吉は不思議な女たちが本当の人間ではないと言うと、七親仁はすぐお決まりの化け狐を連想する。美女に化けた狐の着物から尻尾が見える場合が多い。

「何《なん》だか知《し》んねえ、皆《みんな》な、恬《か》うやつて、」

と音吉《おときち》は手《て》を籠《こ》めて、ぐツと肩《かた》を狹《せば》うして、袖口《そでくち》を引合《ひきあ》はせ、

「月《つき》が寒《さむ》いから袖《そで》の下《した》さ手《て》を入《い》れて、背中《せなか》から前途《むかう》の方《はう》へ、さツ〳〵と、裾《すそ》がからんで吹《ふ》く風《かぜ》よ。前《まへ》へうつむくやうにして歩行《ある》いてござる。背後《うしろ》へづらりと一人《ひとり》づゝ、殘《のこ》らず同《おな》じ寸法《すんぱふ》の婦《をんな》の姿《すがた》よ。袖《そで》を抱《だ》いた、袂《たもと》の長《なが》い、矢張裳《やつぱりすそ》が靡《なび》いてな、些《ちく》とも違《ちが》はねえやうに、揃《そろ》つて、前《まへ》へ俯向《うつむ》いたが、唯變《たゞかは》つてるのは、おらが連《つ》れのは髮《かみ》を下《さ》げたに。

あとへ續《つゞ》いたのは①島田髷《しまだまげ》よ、それも草束《くさたば》ねといふ奴《やつ》だ。黑《くろ》くねえ、衣《き》もののも髮《かみ》も同《おな》じ色《いろ》で、姿《すがた》だつて、はあ、とんと薄墨《うすずみ》の一筆《ひとふで》がきで、②[illegible]〳〵と遣《や》つたやうだ。初中《いつ》でも見《み》えたと云《い》ふではねえがね。

それが、露《あら》はれる時《とき》は、さら〳〵と音《おと》がして、裾《すそ》や、袂《たもと》のゆれるのが、③紙子《かみこ》で拵《こしら》へたかと思《おも》ふ氣勢《けはひ》よ。

其《その》十四五人《にん》が、づらりと並《なら》んだ時《とき》もありや、五人《にん》ぐれえづゝ、ふは〳〵と二側《ふたかは》になつた時《とき》もあつたし、三側《みかは》に揃《そろ》つて、列《れつ》さ短《みじか》くした時《とき》もありな。ひよツとかすると、前《まへ》の別嬪《べつぴん》に知《し》れねえやうに、二人《ふたり》づゝ、密《そつ》と顔《かほ》らしい上《うへ》の方《はう》のぼやツと白《しろ》いものを差寄《さしよ》せて、何《なに》か囁《さゝや》いたらしい折《をり》もあつた。

そら、出《で》た、また見《み》える。で、それにばかり氣《き》を取《と》られて、大分《だいぶ》が道《みち》を歩行《ある》いたが、おまけに、それが、高《たか》い所《ところ》に出《で》たり、づツと低《ひく》く成《な》つたりなんかして、……何時《いつ》でも、西《にし》か、東《ひがし》か、右《みぎ》か、左《ひだり》か、屹《きつ》と街道《かいだう》の兩方《りやうはう》の路傍《みちばた》へあらはれるのを、よく〳〵氣《き》をつけて見《み》ると、葉《は》が枯《か》れて白《しろ》くなつて、寒《さむ》さうに立《た》つて居《ゐ》る、④唐黍《たうもろこし》のおばけだつたぜ。」

十

七親仁聲高《しちおやぢこわだか》に、

「⑤馬鹿野郎《ばかやらう》、大方《おほかた》そんな事《こと》だと思《おも》つた。」

「然《さ》ういふがね、此處《こゝ》でこそ然《さ》ういふがね。其《そ》の場合《ばあひ》に差當《さしあた》つて見《み》せえ、唐黍《たうもろこし》のお化《ばけ》だぐれえで澄《す》まして居《ゐ》られるわけではねえだよ。何《なん》だつてお前《めえ》、其《そ》の、通《とほ》り魔《ま》さ行《い》くにつけて、⑥道筋《みちすぢ》の非情《ひじやう》のものに魂《たましひ》さ入《はひ》るだで。をかしな事《こと》は、そればかりでねえ。

芋莖《ずゐき》の葉《は》がな、また變《へん》だつたぜ。

處々《ところ〴〵》の物蔭《ものかげ》や、枯草《かれくさ》の明《あか》みへ、黑《くろ》いんだの、白《しろ》いんだの、ひら〳〵と、あのさ、⑦顱《はち》破《わ》れで⑧尻《しり》ツこけの、しやくんだ長《なが》い面《つら》さ出《だ》すと、浮出《うきだ》したやうな

①若い女性の代表的な髪型。草束ねは簡単に結った島田髷をいう。先頭にいる魔物と違って、後ろの女たちは髪を結っている。
②参候（まいらせそうろう）のくずし字。
③紙で作った衣服。
④怯えている音吉は道端の枯れたトウモロコシがお化けのように見えた。後ろに歩く女たちの描写（乱れた島田髷・さらさら音を立てる紙子・顔らしい白いものが何かを囁いた音・人数の不確定など）はいずれも両方の道端にあったトウモロコシを思わせる描写だともいえる。
⑤音吉の話を半信半疑で聞いている七親仁の冷やかしの言葉。
⑥魔物の力で人間でないもの（トウモロコシや芋茎）に生命が入ってもおかしくないとのこと。

目口《めくち》が出來《でき》てな。こちらを向《む》いては、はい、好色《すき》ツたらしさうに、おらを嬲《なぶ》るのか、姉様《あねさま》を視《なが》めるか、目尻《めじり》を下《さ》げちや、にたり〱、」

「呀《や》⑨、そいつは厭《いや》だ。」

と參《まゐ》つたやうに、夜具《やぐ》の中《なか》で頸《うなじ》を窘《すく》める。

「な、それだもの、樂《らく》でねえ。月夜《つきよ》をちら〱と雲《くも》が走《はし》るやうに目《め》につくからな、追立《おつた》てられるやうに急《いそ》ぐだで、途中《みち》すがら汗《あせ》びツしより。

小休《こやす》みをせうにも、お前《めえ》、慄然《ぞつ》とするのが附《つ》いてござるで、堪《たま》らねえぢやなからうか。

すた〱夢中《むちう》よ。

（澤山《たんと》來《き》たことねえ、）

ツて婀娜《あだ》な聲《こゑ》⑩で言《い》つたんで、又耳《またみゝ》がカンとして月《つき》夜《よ》に響《ひゞ》いた。

おら、お前《めえ》、吃驚《びつくり》して立停《たちど》まつた。

氣《き》が附《つ》くと、はい、最《も》う能見堂《のツけんだう》の山道《やまみち》さ半分《はんぶん》が處《とこ》上《あが》つて居《ゐ》るだ。道理《だうり》こそ、先刻《さつき》から時々《とき〲》手足《てあし》が蔭《かげ》になつた、おら目《め》が眩《くら》むのだと思つたに。

了《しま》つたい、え丶、お前《めえ》、難船《なんせん》の島蔭《しまかげ》⑪と、一里塚《いちりづか》から手繰《たぐ》りつけるやうに當《あて》にして居《ゐ》た、そら、坂《さか》の根《ね》ツこの建場《たてば》さ、早《は》や何時《いつ》の間《ま》にか通《とほ》り過《す》ぎた。

旨《うま》く行《い》きや、先《さき》ばしりの利七《りしち》も甚太《じんた》も未《ま》だ居《ゐ》よう。婆様《ばあさま》が軒《のき》の柿《かき》の枝《えだ》さ見《み》つけるを合圖《あひづ》に、妖物《ばけもの》だ！とか何《なん》とかいつて、遠《とほ》くから怒鳴《どな》らうと、それを力《ちから》に喘《あへ》いだに、何《なん》のこツた。

吉《きち》の臆病《おくびやう》、今頃《いまごろ》は大根葉《だいこツぱ》の新漬《しんづけ》で炊立《たきた》ての飯《めし》を食《く》つて居《ゐ》よう。焚火《たきび》さ蹈跨《ふんまた》いで、利七徒《りしちであひ》が飲《の》んでるか、ふか〱と湯氣《ゆげ》の立《た》つ汁《しる》もあんべい。彼店《あのみせ》さ、お縫《ぬ》ひ坊《ばう》も起《お》きて居《ゐ》べい、と一時《いつとき》に思《おも》ひ出《だ》すと、赫《くわつ》と逆《の》上《ぼ》せて、はあ、へと〱と腹《はら》が空《す》いて、げんなりだ。」

「其處《そこ》で、又腰《またこし》を拔《ぬ》いたな。」

「む丶、まあ拔《ぬ》いたかも知《し》んねえが、芬《ぷん》と、はあ、蘇生《よみがへ》るやうな佳《い》い薫《かをり》がした。

魔《ま》ものの身體《からだ》のそれでねえで、人間《にんげん》らしい、結構《けつこう》な、莨《たばこ》の香《にほひ》だ。

天《てん》の助《たす》けよ。

人間《にんげん》くさいと眗《みまは》すと、八九間上《けんうへ》の路傍《みちばた》さ、茨《いばら》まじりに薄《すゝき》の枯《か》れた、低《ひく》い土手《どて》に腰《こし》を掛《か》けた、洋服扮装《やうふくいでたち》、大《おほ》きな姿《すがた》が、月《つき》あかりに薄《うす》く見《み》えたい。

おまけにお前《めえ》、肩《かた》の上《うへ》へ、キラ〱と光《ひか》つてな。」

と音吉《おときち》は川《かは》べりに面《おもて》を出《だ》した、水《みづ》に流《なが》るゝ月《つき》の影《かげ》、小波《さゞなみ》に搔寄《かきよ》せけむ、晃然《きらり》と一條《ひとすぢ》、彼處《かしこ》なる別荘《べつさう》の、水《みづ》に臨《のぞ》んだ欄干《てすり》を貫《つらぬ》き、向《むか》う岸《ぎし》なる枯蘆《かれあし》の折伏《をりふ》す隈《くま》

⑦額の左右が出ていて中央で割れたように見えるもの。

⑧帯を尻から抜け落ちそうに締めているさま。

⑨驚きの声。

⑩色っぽい声。

⑪島蔭は風や波を避けて船を泊めるところ。難破船にあったような気持ちの音吉は馴染みの店で助けを求めるつもりでいる。

に輝《かゞや》く物《もの》あり。漆《うるし》と銀《ぎん》の竿一根《さをいつこん》。

「遠《とほ》さも丁《ちやう》どあのくれえに、おなじやうに光《ひか》つて見《み》えただ。」

「まさか、山路《やまみち》を釣竿《つりざを》ぢやあるまいの。」

「鐵砲《てつぱう》だ。」

「むゝ、まあ、①内《うち》の御前様《ごぜんさま》の釣《つり》と來《き》た日《ひ》には、山《やま》路《みち》を釣《つ》つたつて、川《かは》を釣《つ》つたつて、些《ちつ》とべこ違《ちが》ひごとはねえけれどよ。」

七親仁《しちおやぢ》は言《い》ひかけて、②蘆《あし》に踞《しやが》んだが炬燵《こたつ》のやう、差寄《さしよ》つて聲《こゑ》を密《ひそ》め、

「其《そ》の癖《くせ》、夜《よ》が夜中《よなか》まで釣《つ》つてござる。矢張《やつぱ》りお③部《へ》屋様《やさま》が勸《すゝ》めるだよ。唯《たつ》た今《いま》も、あゝやつてお寢室《ねま》に附添《つきそ》つて居《ゐ》るだがな。また、あの方《かた》が世話《せわ》をすると、希代《きたい》にひら〳〵と魚《さかな》が掛《か》らあ。

ふむ、尋常《たゞ》ごとでねえやうだ、音《おと》やい、其時《そのとき》か。

――……」

十一

「其時《そのとき》だがな、而《そ》して何《なに》かね、七親仁《しちおぢい》、今時分《いまじぶん》までお部屋様《へやさま》も傍《そば》に居《ゐ》て、お世話《せわ》をするかね。」

と音《おと》も寄《よ》つて、低聲《こごゑ》に④うら問《ど》ひかけるのであつた。

「一所《いつしよ》にも。先刻《さつき》もお前《めえ》、お部屋様《へやさま》さ、例《れい》のそれ、緋縮緬《ひぢりめん》の襦袢《じゆばん》か何《なに》かで、⑤手燭《てしよく》を持《も》つて、主公様《とのさま》さ肩《かた》にかけまして⑥厠《かはや》にござつた。知《し》つての通《とほ》り、此《こ》の頃《ごろ》ぢや、最《も》う、獨《ひと》りで⑦おひろひは煩《むつ》かしいで。――成程《なるほど》然《さ》う云《い》や、去年《きよねん》だの。……能見堂《のツけんだう》居廻《ゐまは》りへ鐵《てつ》砲打《ぱうぶ》ちに行《い》かしつて、（⑧昔《むかし》、知合《しりあひ》の婦人《をんな》ぢやが、命《いのち》にかゝはる事《こと》があつて、乃公《おれ》の袖《そで》に縋《すが》つたに因《よ》つて、何《なん》にも言《い》はんでかくまひ置《お》け。）とばかりの觸《ふれ》込《こ》みで、今《いま》の、⑨お蘭《らん》の方《かた》さ連《つ》れて歸《かへ》らつせえた、そちこち其《そ》の時分《じぶん》からの、あの御病氣《ごびやうき》よ。

何《なん》だつて、主公様《とのさま》は唯《たゞ》兩脚《りやうあし》が矢鱈《やたら》とだるくつて、段々《だん〳〵》細《ほそ》くなるといふ、妙《めう》な煩《わづら》ひでねえか。

此頃《このごろ》ぢや、お前《めえ》、左《ひだり》の脚《あし》なんざ、支《つ》いてござる杖《つゑ》よりか細《ほそ》くなつたぜ。

いくら氣《き》が丈夫《ちやうぶ》でおいでなさればとつて、まるツ切《き》り動《うご》くことがなんねえだ、始末《しまつ》が悪《わる》いよの。どツと床《とこ》に凭《よ》つかゝつて所在《しよざい》がねえだから、まあ、寝《ね》ながら釣《つり》でもなさるだが。

あのくれえな主公《との》さまだから、人泣《ひとな》かせの、無理《むり》も八《や》ツ當《あた》りも言《い》はつしやらぬが、夜《よる》なんざ癇《かん》が高《たか》ぶらずに。

幸《さいは》ひ、お部屋様《へやさま》がお氣《き》に入《い》つて、片時《かたとき》も傍《そば》さお放《はな》

①伊澤侯爵のこと。のちに「主公さま」と呼ばれる。七親仁は侯爵の別荘の番をする。
②夜具（掻巻）を頭から被ったまましゃがんでいる七親仁の姿は布団で覆った炬燵のように見える。
③「お部屋様」は鮟鱇の肝が化けた美女（魔物）であり、いまは伊澤侯爵の側室になっている。
④密かに聞き出す。
⑤携帯用のロウソク立て。
⑥便所。
⑦歩くことを敬っていう語。
⑧一年前、主公が能見堂で出会った美女を連れて帰るとき、家の者に彼女が昔からの知り合いだという嘘をついた。
⑨お部屋様（鮟鱇の魔物）のあだ名。江戸前期の大名・松平忠直の最愛の側室は「お蘭の方」という。

しなさらねえ工合《ぐあひ》だで、下々《したぐ〵》此方人等《こちとら》まで大助《おほだす》かり。

それに⑩行渡《いきわた》りはよし、氣《き》はつくの、高《たか》ぶらずよ、優《やさ》しいわ。抜《ぬ》かりなく、粋《いき》に行届《ゆきとゞ》いて、然《しか》もお前《めえ》、お蘭《らん》おつとりとして居《ゐ》なさるだ。蔭《かげ》ぢや皆《みんな》、はい、の方様《かたさま》で拝《をが》んで居《ゐ》るわけだでな。

始終附添《しよつちうつきそ》つて居《ゐ》さつしやら。

それ、先刻《さつき》もな、然《さ》うやつて片手《かたて》、お部屋《へや》さまの肩《かた》にかゝつて、片手《かたて》で、お廊下《らうか》さ、ドン〳〵と杖支《つゑつ》いて、厠《はゞか》りへ來《き》さしつた。手水鉢《てうづばち》で手《て》を洗《あら》つて、お部屋《へや》さまが、恁《か》う媚《なまめ》かしく、支膝《つきひざ》で手拭《てぬぐひ》を持《も》つたが、(良《い》い月《つき》だ、)ツて言《い》はつせえた時《とき》、おらを、はあ見《み》つけさしつた。

おら、内證《ないしよう》だが、⑪ひよぐりに出《で》てな。あゝ、いゝ月《つき》だ、とお前《めえ》、身《み》ぶるひをすると、川上《かはかみ》で、ざあツ、とやるだ。

はてな、下手《へた》さうな捌《さば》きだわえ。尤《もつと》も宵《よひ》の口《くち》、今《こん》夜《や》さ網《あみ》を打《う》ちますと、七親仁《しちおぢい》が處《とこ》へ斷《ことわ》りに來《う》せたでねえから、もぐりだで、旨《うま》からうわけはねえ。

それでも暗夜《やみ》を打《う》たねえばかりが見《め》つけものだと思《おも》つての、嫌《きらひ》でねえだから月《つき》は良《よ》し、一番《いちばん》そこいらまで出《で》て見《み》べいか、寒《さむ》さは寒《さむ》し、と二《に》の足《あし》で居《ゐ》た處《ところ》よ。

(七《しち》、川上《かはかみ》を大分《だいぶ》荒《あら》すな。)と主公《との》さまがおつしやつたで、今夜《こんや》は思《おも》ふやうにかゝらねえかな。かたがた威《おど》かして遣《や》るべい、と其處《そこ》で、はあ、ぶらん〳〵下駄《げた》さ引摺《ひきず》つて、其處《そこ》まで、内《うち》のジヨン(犬《いぬ》の名《な》)に送《おく》られながら、來《き》て見《み》ると、われが、はあ、蘆《よし》の中《なか》さ、⑫獺《かはうそ》が憑《つ》いて、網《あみ》を持《も》つて踊《をど》つてるだ……」

「えゝ！親仁《おぢい》、此《こ》の上《うへ》、また獺《かはうそ》に憑《つ》かれて堪《たま》りごとあるものか、澤山《たくさん》だ。」

「いや、⑬われよりか、主公《との》さまよ。」

「おら、如何《いか》に御贔屓《ごひいき》になつて繁々《しげ〳〵》お別莊《べつさう》へ參《まゐ》ればとつて、お臺所口《だいどころぐち》か、お庭《には》さきよ。變《へん》にお心安《こゝろやす》いやうぢやあるけれど、お部屋様《へやさま》さ、見《み》るのはちら〳〵だが、親仁《おぢい》は然《さ》うやつて寝衣姿《ねまきすがた》も拝《をが》むもんだ、久《ひさし》い内《うち》にや、何《なに》か變《かは》つたことでも無《ね》えだかえ。」

「然《さ》うよの……」

と、かぶつて居《を》られず、夜着《よぎ》から出《だ》した小首《こくび》を傾《かたむ》け、

「別《べつ》に恁《か》うて事《こと》はねえだけんど、可恐《おそろし》く海《うみ》が好《す》きでの。間《ま》さへありや、窓《まど》をあけたり、柱《はしら》に凭《よ》つたり、いつも沖《おき》の方《はう》さ見《み》てござるだ。

での、風《かぜ》か、雨《あめ》か、海《うみ》の色《いろ》のかはらうといふ時《とき》は、はあ、缺《か》かしごとねえ、何時《いつ》でも立《た》つて視《なが》めるだが、

⑩万事に抜かりなくすること。
⑪小便をする。
⑫獺は狐狸や猫同様、人間を化かす動物。すでに鮟鱇の魔物に迷わせられた音吉にとって、獺に憑かれるのはご免だ。
⑬われ（音吉）より、主公の方が化かされたのではないかと心配する七親仁。

其時《そのとき》は、いつまでも見入《みい》つて恍惚《うつとり》としてござる。沖《おき》の方《はう》さ、故郷《こきやう》でもあるだかと 蔭《かげ》で風説《うはさ》して、又海《またうみ》の色《いろ》がかはらう、と云《い》ふくれえよ。」

海《うみ》の浪《なみ》は、常《つね》に此《こ》の美女《たをやめ》の姿《すがた》を前《まへ》に、色《いろ》をかへて立騒《たちさわ》ぐのであつた。

十二

「それに今《いま》もいふ通《とほ》り、あゝやつて主公様《とのさま》に退屈《たいくつ》をさせねえだが、お部屋様《へやさま》が世話《せわ》をなさると、不思議《ふしぎ》に魚《さかな》が釣《つ》れる事《こと》よ。――むゝ未《ま》だそれに、何《なに》よ、過般《このあいだ》二尺《にしやく》ばかりの鱸《すゞき》が掛《か》つて、水際《みづぎは》を放《はな》れると、棹《さを》が満月《まんげつ》のやうにしなつて、光《ひか》つた時《とき》よ。

（御前《ごぜん》さま、釣《つ》れましたね、）ツてお前《めえ》、お部屋様《へやさま》も、はずまつせえたか、ふいと肱《ひぢ》かけ窓《まど》の小縁《こえん》の上《うへ》へ飛乗《とびの》らしつけえ。

おら、汐留《しほどめ》の蘆垣《あしがき》の蔭《かげ》から、釣《つ》れるだかな、と立《た》つて見《み》て居《ゐ》たがの、わあ、身《み》を投《な》げさつしやるか、と魂消《たまげ》たね。

お部屋《へや》さまの姿《すがた》さ、倒《さかさま》に水《みづ》に映《うつ》つたでねえか。

主公様《とのさま》は脊《せ》は高《たか》し、大柄《おほがら》なり、高《たか》い敷蒲團《しきぶとん》の上《うへ》に、今《いま》のそれ寝《ね》ながら乗出《のりだ》して釣《つ》つてござる。

肱《ひぢ》かけだとて、随分高《ずゐぶんたか》いわ。疊《たゝみ》に坐《すわ》つて居《ゐ》さつしやると、①お髪《ぐし》ツきや、外《そと》へは見《み》えねえやうだに、ひらりと飛《と》んでな、欄干《らんかん》へ袂《たもと》がかゝると、いきなり釣絲《つりいと》さ引《ひ》かしつけえ。おら鱸《すゞき》の刎《は》ねるのより、其《そ》の白《しろ》い手《て》に氣《き》を取《と》られて、はあ、何《なん》と云《い》ふ身《み》の輕《かる》さだ、成程《なるほど》、踊《をどり》でも仕込《しこ》んだ身體《からだ》だつぺいと思《おも》つたが、よく〳〵考《かんが》へりや、人間業《にんげんわざ》でねえやうだの。

其《そ》のほかに別《べつ》に、はあ、恁《か》うと云《い》つて、湯殿《ゆどの》の中《なか》でも、髪結《かみいひ》にも、變《かは》つたところは聞《き》かねえだよ。

ぬしも覿面《てきめん》に知《し》つて居《ゐ》て、別《べつ》に變《へん》だとも思《おも》はねえだか。」

……

「思《おも》はねえ。つい此《こ》の間《あひだ》も、ジヨンの奴《やつ》にからかひながら、お臺所口《だいどころぐち》さ面《つら》を出《だ》した、晩方《ばんがた》だつけ、飯時《めしどき》で、女《をんな》どもさ忙《いそが》しさうに働《はたら》いて居《ゐ》つけえな。

奥《おく》からあの人《ひと》さ出《で》てござつて、

（お急《いそ》ぎ遊《あそ》ばすよ、）ツて、何《なん》だ、戸棚《とだな》から、はい、自分《じぶん》で西洋皿《せいやうざら》さ出《だ》して、ぐい〳〵拭巾《ふきん》をかけながら、土間《どま》に踞《しやが》んで買《か》ひたての②大根《だいこん》さ突《つ》いて居《ゐ》た。おらが方《はう》を見《み》て、何《なん》にも言《い》はねえで、また、あの、莞爾《につこり》さしつけえ。

（皆《みん》な承知《しようち》だよ、何《なん》にもいひでない、深《ふか》い馴染《なじみ》だね、

①髪を結った様子。

②大根を千切りにしていた。

久潤《しばらく》、）と其《そ》の涼《すゞ》しい目《め》の動《うご》きやうと、口《くち》つきの鹽《あん》梅《ばい》と、頬《ほ》の工合《ぐあひ》で、ちやんと、おらが胸《むね》に通《つう》じたがね。

女中《ぢよちう》が皿《さら》を受《う》け取《と》つて、七輪《しちりん》で、良《い》い香《にほひ》のして居《ゐ》た、何《なに》か肉《にく》さ、一寸々々《ちよつ〱》と装《よそ》つて盆《ぼん》にのせて出《だ》したのを、其《そ》のまゝ持《も》つて、ツイと廊下《らうか》の方《はう》へ入《はひ》らしつけが、③三ツ輪《みわ》に艶《つや》ツぽく結《い》ひ込《こ》んで、赤革《あかがは》のつまのかゝつた上靴《うはぐつ》なんか穿《は》いてゐるだ。お蘭《らん》の方《かた》は、あれだとばかりで、鮟鱇《あんかう》の腹《はら》から出《で》た、素性《すじやう》を知《し》つても疑《うたげ》えねえ。④堪《たま》らねえ頸《えり》ツつきの、後姿《うしろすがた》さ伸上《のびあが》つて見送《みおく》つただが、卯《う》の毛《け》で突《つ》いたほどの、鰭《ひれ》も尾《を》もあらはさねえ。

あとでお銚子《てうし》の行《い》くのを見《み》て、あれを引《ひ》きつけの、⑤かんちろり、畜類《ちくるゐ》め、と妖物《ばけもの》と遊《あそ》ばつしやる主公《との》さまさ、⑥あやかりたいやうな氣《き》がしただが、女《をんな》たちから、はあ、蔭《かげ》ながら御容體《ごようだい》を聞《き》くと、串戯《じようだん》ではねえ。

——今《いま》も、親仁《おぢい》が言《い》つけがね。最《も》う此頃《このごろ》ぢや、右《みぎ》の足《あし》も瘠《や》せ細《ほそ》つて、押魂消《おつたまげ》たおらぢやねえけれど、お腰《こし》さ抜《ぬ》けたも同然《どうぜん》だといふからな、氣《き》になつて堪《たま》らねえぞ。

知《し》つての通《とほ》り、おらが父《おやぢ》な、惣領《そうりやう》な、おらまで御《ご》恩《おん》になる主公《との》さまだ。

唯《たゞ》御病氣《ごびやうき》と聞《き》いた處《ところ》で、蔭《かげ》で信心《しんじん》ぐれえしねえければなんねえだに、何《ど》うも其《そ》のお煩《わづら》ひさ、お部屋《へや》さまの所爲《せゐ》に違《ちが》ひごとはないと思《おも》ふだ。其《そ》の魔物《まもの》さ、おらが不了簡《ふれうけん》から、此《こ》の世《よ》の中《なか》へ引《ひ》き出《だ》して、途中《とちう》で主公《との》さまに押《おツ》つけたわけだからな。申譯《まをしわけ》がねえ、はあ、何《ど》うすべい、と些《ちつ》とばかり氣《き》を揉《も》んでることではねえだよ。

其《そ》の時分《じぶん》にや、言《い》ひおくれた。

おかくまひなされればとツて、直《す》ぐに、あくる日《ひ》から騒《さわ》ぎでねえか。

伊澤《いざは》さまのお別荘《べつさう》へ、⑦天人《てんにん》見《み》たいなお孃様《ちやうさま》が、と先方《さき》から話《はな》しかけられて、何《なに》、そりや鮟鱇《あんかう》の腹《はら》からこれ〱だ、と面《めん》と向《むか》つて、何《なん》と眞晝間《まつぴるま》話《はな》されべい。」

十三

「たまには、極《ご》く遠慮《ゑんりよ》のねえ友《とも》だちに、眞面目《まじめ》に雜《ざつ》と話《はな》すとな、聞《き》く奴《やつ》はあたまから不思議《ふしぎ》とも變《へん》とも思《おも》はねえ。

龍宮《りうぐう》から、……然《さ》うよ、魚《さかな》の腹《はら》へでも宿《やど》つて來《こ》ざ

③三輪髷の略。
④お部屋様の後ろ姿は堪らないほど美しく、鮟鱇の面影はいっさい感じさせない。
⑤酒の燗をするための器。
⑥音吉は美女と暮らす主公を羨ましがる気持ちもあるが、使用人たちから「主公が奇病にかかった」という噂を聞くと、魔物めのせいで、とんでもないことになったと思う。
⑦皆の目に天女のように見えるお部屋様。

らに、人間《にんげん》にやねえ別嬪《べつぴん》さまだ、と一《いち》も二《に》もなく合點《がつてん》して了《しま》ふでねえかね。何《なん》にもならねえ。

其《そ》の中《うち》、主公様《とのさま》が御寵愛《ごちようあい》と、薄々《うす〳〵》濱《はま》へ聞《きこ》えるでな、御恩《ごおん》になる主公様《とのさま》を、おらが①口《くち》から魔道《まだう》に落《おと》いて、妖物《ばけもの》の婿《むこ》にしては濟《す》むめえ。夢《ゆめ》だ〳〵と思《おも》ふうち、何《なん》だか、うぬが方《はう》が夢《ゆめ》になつて、先方《さき》さまは正《しやう》眞贋《じんまが》ひなしのやうな氣《き》になつただがね、怪《あや》しいお煩《わづら》ひだで、又《また》默《だま》つて居《ゐ》られなくなつただよ、胸《むね》がむら〳〵として居《ゐ》るだ。

先刻《さつき》から網《あみ》さ打《う》つても、魚《さかな》よりか、はあ、あの、晃々《きら〳〵》する、主公《との》さまの釣竿《つりざを》にばかり氣《き》を取《と》られてよ、冴《さ》え切《き》つた此《こ》の月《つき》さ見《み》るにつけて、然《さ》うだ、去年《きよねん》の丁度《ちやうど》此《こ》の月《つき》だ思《おも》ふ處《ところ》へ、よう七親仁《しちおぢい》。

お前《めえ》ら、此處《こゝ》へ來《き》て呉《く》れたは、神様《かみさま》お引合《ひきあは》せだと思《おも》ふだな。嘘《うそ》か、眞《まこと》か、お前年紀《めえとし》の功《こう》で、よく分別《ふんべつ》をして呉《く》んねえよ。おらにも何《なん》だか分《わか》らねえ、馬鹿《ばか》め、そんな事《こと》があるもんか、と一口《ひとくち》に言《い》はれりや、それまでだ。

親《おや》が貧乏《びんばふ》で、②年貢《ねんぐ》の未進《みしん》、水牢《みづらう》ぢやねえだから、何處《どこ》へ駈込《かけこ》み訴《うつたへ》さするでもねえだが、默《だま》つて居《ゐ》ちやなんねえから、笑《わら》はれるのを承知《しようち》で話《はな》すだ。腰《こし》を抜《ぬ》いたまで、白状《はくじやう》したで、おらの言《い》ふことに嘘《うそ》はねえだが、何《ど》うだね。」

と言《い》つて寒《さむ》からう、夜着《よぎ》の袖《そで》に身《み》を寄《よ》せて、音吉《おときち》は震《ふる》へたのである。

親仁《おやぢ》もためいきで聞《き》いて居《ゐ》た。

「むゝ、何《ど》うも話《はなし》の様子《やうす》ぢや、魅《ばか》されたにしても、確《たしか》なものだの。」

と言《い》ひかけて苦笑《にがわら》ひ、

「何《なに》も、はあ、魅《ばか》されたに確《たしか》は要《い》らねえこんだ。だがね、おらも何《なん》だか變《へん》になつた。

お前《めえ》が主公様《とのさま》を思《おも》ふこと承知《しようち》なり、氣心《きごころ》も知《し》つとるで、③萬八《まんぱち》とは思《おも》はねえが、成程《なるほど》、こりや人《ひと》が聞《き》いても承知《しようち》はしねえ。それにしても、はい、おらが主公様《とのさま》ほどのお方《かた》がよ。希代《きたい》だな。」

と頻《しきり》に傾《かたむ》き、しばらくして七親仁《しちおやぢ》が、

「で、何《なに》か、お前《めえ》、爾時《そのとき》主公《との》さまには、何《なん》にも其《そ》の事《こと》を言《い》はねえだな。」

④言《ことば》の下《した》に、

「言《い》つたとも！

言《い》つたがな、これが吉《きち》なら眞實《ほんとう》にもしたらうが、主公様《とのさま》ほどのお方《かた》だから、⑤てんづけ、おうけとりはなさらねえのよ。」

「然《さ》うよ、然《さ》うよ、そんなものよ。」

①人間が妖怪や幽霊と契ると、悪魔の世界に落ち命が取られる場合もある。音吉は鮟鱇の魔物を世に出させた上に主公に押しつけたので、責任を感じている。

②年貢を納めないことで、牢屋に入れられて水責めを受けること。

③でたらめ。

④言い終わらないうちに。

⑤さいしょから。

「おらは、それ、能見堂《のツけんだう》でまへの、坂《さか》の途中《とちう》で、山獵《やまがり》にござつた主公様《とのさま》のお姿《すがた》さ見《み》ただがな。尤《もつと》も其《そ》の時《とき》は誰《だれ》だかも分《わか》んねえ、薄《すゝき》の中《なか》の影武者《かげむしや》だね。」

「うむ、然《さ》うよ。」

「姿《すがた》は狩《かり》のそれだしよ、鐵砲《てつぱう》の銃口《つゝさき》さ、あの通《とほ》り、竿《さを》の漆《うるし》が光《ひか》るやうに月《つき》に映《うつ》らあ、おらあ、ぐツと強《つよ》くなつた。

　それに親仁《おぢい》、恁《か》う坂道《さかみち》へ並《なら》んだ處《ところ》は、先刻《さつき》も言《い》ふ通《とほ》り、華奢《きやしや》な、かよわい婦人《をんな》だからな、同《おな》じ取組《とつく》むにも松《まつ》の木《き》と、薄《すゝき》だよ。

　おまけに、鐵砲《てつぱう》もありや、人《ひと》もあると思《おも》つたから、赫《くわつ》となつて、突然《いきなり》お前《めえ》、

（こん獸《けだもの》ア、）と武者《むしや》ぶりついた。」

　と、ぐツと⑥力手《ちからで》を伸《の》ばしたので、親仁《おやぢ》は退《すさ》つて、足《あし》を蹈《ふ》んだ。

「ふむ〳〵、」

「⑦ひやりと手《て》に觸《さは》つたのは衣《きもの》でな、するりと辷《すべ》つたと思《おも》ふと、わけもなく身《み》を轉《か》はした。

　おら突《つん》のめつて、むツくり起《おき》ると、

（あゝ、れ、）

　ツてお前《めえ》、何處《どこ》を押《お》しや、あんな可愛《かはい》らしい、しをらしい、情《なさけ》らしい、あはれつぽい聲《こゑ》が出《で》るかと思《おも》ふ。」

「ふむ、〳〵、ふむ。」

十四

「纎弱《かよわ》い、細《ほそ》い、悲鳴《ひめい》を揚《あ》げて、綺麗《きれい》な鳥《とり》がそれたやうに、月夜《つきよ》をはら〳〵と駈《か》け出《だ》して、己《うぬ》からお前《めえ》、鐵砲《てつぱう》の下《した》へ飛《と》び込《こ》んで、其《そ》の狩武者《かりむしや》の袖《そで》へかくれただなあ。」

「はての、」

「おら、はあ、呆氣《あつけ》に取《と》られて、しばらく宙《ちう》にぶら下《さが》つて居《ゐ》たツけよ。

　其奴《そいつ》は、と言《い》はうと思《おも》つて、恁《か》う身構《みがま》へして、坂《さか》を、十足《とあし》ばかり上《あが》るとな。」

　薄《すゝき》の中《なか》で影《かげ》が分《わか》れて、すツくと立《た》つた狩裝束《かりしやうぞく》。

　——

　ふか〳〵と煙《けむり》立《た》つて、爽《さわや》かに露《つゆ》を拂《はら》ふ、紫《むらさき》の煙《けむり》濃《こ》く、太《ふと》き葉巻《はまき》をくゆらしながら、⑧悠然《いうぜん》として來《きた》り迎《むか》へた、⑨廣額疎髯《くわうがくそぜん》、鼻隆《はなたか》く眉迫《まゆせま》つて、豹《へう》の眼《まなこ》の⑩老紳士《らうしんし》。是《これ》なむ號《がう》を槐庵《くわいあん》と稱《しよう》して、湘南《しやうなん》の地《ち》に都《みやこ》を避《さ》けた、今《いま》は在野《ざいや》の老政治家《らうせいぢか》……何某《なにがし》の侯《こう》であつた。

（何《なん》ぢや、音《おと》か。）

⑥力を入れた手。
⑦音吉は美女に襲いかかろうとするが、女が素早く退いた弾みに音吉が前へ倒れてしまう。
⑧落ち着いて。
⑨広い額とまばらな髯。
⑩「老紳士」「槐庵」「老政治家」「何某の侯」はいずれも主公さま（伊澤侯爵）。

（ひやあ、主公《とのさま》。）

「おらを見《み》て、いきなりだ。（いたづらをするな、）とばかりで、呵々《からから》と、はあ、叱《しか》りつけるやうに笑《わら》はつしやつたらうでねえか。

①とんと、おらが手籠《てこ》めにして、なぐさみかけでもしたやうによ。

②何《なん》でも魔物《まもの》めい、死《し》んねえけりやなんねえ義理《ぎり》があつて、一里塚《いちりづか》の榎《えのき》の枝《えだ》へ③扱帯《しごき》をかけて縋《すが》つたけれども、石佛様《いしぼとけさま》が五體《たい》揃《そろ》つて月《つき》あかりで見《み》てござるで、後髪《うしろがみ》さ引《ひ》かれるやうで、死《し》に切《き》れねえし、死《し》なねばならず、しく〳〵泣《な》いて居《ゐ》た處《ところ》へ、おらが通《とほ》りかゝつて、無理《むり》やりに助《たす》けて呉《く》れて、婦人一人《をんなひとり》ぢや夜道《よみち》は危《あぶな》い、兎《と》も角《かく》も一所《いつしよ》に來《こ》う、惡《わる》いやうにはしねえからつて、連《つ》れだたせて、道々《みち〳〵》それを恩《おん》にして、④いろ〳〵いやな事《こと》を言《い》つたけれど、死《し》なうと思《おも》ふほどのものが、何《ど》うしてそんな、野道《のみち》で浮《う》いたらしい事《こと》が出來《でき》よう。

頭《かぶり》ばツかり振《ふ》るもんだで、とう〳〵彼處《あすこ》へ來《き》て、恐《おそろ》しい事《こと》を。あの男《をとこ》はいたづらに目《め》が眩《くら》んで、お姿《すがた》は分《わか》らん様子《やうす》、お見《み》かけ申《まを》して縋《すが》るだで、助《たす》けて〳〵と遣《や》つたものよ。……⑤畜生《ちくしやう》現在《いま》のまに、無理《むり》のねえ處《ところ》を言《い》つて誑《たぶ》らかさあ。

（どうぢや、婦人《をんな》は然《さ》ういふぞ、）ツて主公《との》さまは、それにして了《しま》はつせる。

飛《とん》でもない事《こと》をおつしやらあ、實《じつ》はこれ〳〵でと、魚《さかな》の腹《はら》のことを低聲《こごゑ》でいひ〳〵、⑥露顕《ろけん》に及《およ》んで、きやツと言《い》つておらが⑦咽喉《のど》へでもかぶりつきはしめえかと、氣《き》がさすからな、少《すこ》し離《はな》れた婦人《をんな》の方《はう》を、一《ち》寸々《よい〳〵》見《み》たがな。

別嬪《べつぴん》がよ。然《さ》も〳〵身體《からだ》を投《な》げ出《だ》して主公《との》さまに縋《すが》つた、と云《い》ふ風《ふう》でな、いま其《そ》のお膝《ひざ》へ倒《たふ》れ込《こ》んだまゝ、茨《いばら》に長《なが》く裾《すそ》さ曳《ひ》いて、襦袢《じゆばん》の襟《えり》も脱《ぬ》けたなり、横《よこ》ずわりに、尾花《をばな》の穂《ほ》の燃《も》えるやうに片膝《かたひざ》ついてよ。震《ふる》へながら、頻《しき》りと恁《か》う、思《おも》はせぶりな優《やさ》しい手《て》つきで、重《おも》いやうに髪《かみ》を撫《な》でつけて居《ゐ》るではねえか。

主公《との》さまは其《そ》の姿《すがた》と、おらが顔《かほ》とを見較《みくら》べさしけえ。

（何《なに》、魚《さかな》の肝《きも》が彼女《あれ》になつた、馬鹿《ばか》いへ、野郎《やらう》、）ツて眞個《ほんとう》にふき出《だ》さしつけえ。

喞《くは》へてござらしつた、葉巻《はまき》がの、煙《けむ》つたまゝで、ばさりと落《お》ちたで。

おら、慌《あわ》てて拾《ひろ》つて吸《す》つた。」

と煙草《たばこ》を挾《はさ》んだ指《ゆび》のかまへ。音吉《おときち》の鼻《はな》の尖《さき》に指《ゆび》二《に》本《ほん》、丁寧《ていねい》に目《め》を据《す》ゑて吹《ふ》かして見《み》せる。

①音吉が山道で美女を襲いかかったと、主公が勘違いしたようだ。
②ここからのくだりは美女が主公に説明する内容になっている。美女はわけあって死ぬことを覚悟した。一里塚にたどり着いたが、石仏の前では死にきれない。そこに音吉が来て道連れになったが、山道で音吉が強姦しようとするので主公に助けを求めた、という話。
③「しごきおび」の略。女は帯を榎の枝にかけて、首をくくるつもりだった。
④「音吉にいろいろいやらしいことを言われたが、死ぬことを覚悟した私にどうしてそんなことができるのか」という意味。
⑤美女のとんでもない嘘がいかにも無理のない話であり、自分の言い分を主公は信じてくれないだろうと悔しがる音吉。

七親仁《しちおやぢ》は、きよとんとして、⑧つまゝれ顔《がほ》。

「何《なん》だ、それは、」

「一本《ぽん》五兩《りやう》と聞《き》いて居《ゐ》ら。勿體《もつたい》ねえ、⑨迚《とて》も突合詮《つきあはせぎん》議《み》をされた處《ところ》で、おらが公事《くじか》は勝ちさうにもねえだから、せめて、葉巻《はまき》でとヤケに出《で》てな。」

「しみツたれな眞似《まね》をすらえ。」

「うむ、主公《との》さまも然《さ》う言《い》はしつけえ。

(音《おと》、そんな事《こと》をする了簡《れうけん》ぢや、いたづらも仕《し》かねんぞ、さつさと働《はたら》け。煙草《たばこ》をやるから歸《かへ》つたら又來《またこ》いよ。)

とばかりで、ぽかり、と靴《くつ》の音《おと》さして、婦人《をんな》の傍《そば》へ行《い》かつしたが。

おら、其《そ》の此方側《こつちがは》をな、荷物《にもつ》を擔《かつ》いで、こそ〳〵と尾花《をばな》ずれに通《とほ》り拔《ぬ》けた。何《なん》だか、お邪魔《じやま》でもするやうでよ。

其《その》かはり、峠《たうげ》に上《のぼ》つて、思《おも》ふ狀《さま》葉巻《はまき》をふかした。

——其《そ》の馬鹿《ばか》さ加減《かげん》を聞《き》かつせえ。」

十五

七親仁《しちおやぢ》分別顔《ふんべつかほ》して、被《かぶ》つた夜着《よぎ》をかなぐり脱《ぬ》いだ。

尤《もつと》も話《はなし》のなかばから、⑩大方丈《おほはうぢやう》の拔衣紋《ぬきえもん》に、背中《せなか》へ懸《か》けて居《ゐ》たのである。

「音《おと》、おら、此處《こゝ》で聞《き》いたで疑《うたが》はねえだが、其山路《そのやまみち》でやられては、主公《との》さまでねえと云《い》つて、誰《たれ》がお前《めえ》に手《て》を上《あ》げべい。たゞ事《ごと》でねえな、音《おと》。」

「むゝ、何《ど》うしべいと思《おも》ふだね。」

「待《ま》ちろ〳〵、月《つき》も同《おな》じ一週忌《いつしうき》だ。はあ、何事《なにごと》も年忌《ねんき》〳〵よ、此《こ》のお月樣《つきさま》の工合《ぐあひ》では、」

と禿《は》げた額《ひたひ》を照《てら》されて、霜置《しもお》く眉《まゆ》を顰《しか》めながら、

「時刻《じこく》も彼是《かれこれ》、其《そ》の時《とき》だつぺい。恁《か》う、又《また》しん〳〵と更《ふ》けるだに、川邊《かはべ》のお亭《ちん》に主公《との》さまと二人切《ふたりツきり》だ。ちよつくら忍《しの》んで行《い》つて見《み》べい。

何《なに》かがあるべいさ。行《い》つて見《み》べい。」

「これからか。」

「おゝよ。」

「直《す》ぐにな、」

と、音吉《おときち》は身《み》を起《おこ》したが、ざわ〳〵と、蘆《あし》吹《ふ》く風《かぜ》に大《おほ》きに逡巡《たじろ》く。

「⑪汝《うぬ》が發頭人《ほつとうにん》で居《ゐ》て、何《なん》の狀《ざま》だ、さあ、來《こ》うよ。」

「だつて、お前《めえ》、だつてお前《めえ》、向《むか》う岸《ぎし》から覗《のぞ》けばだが、月《つき》あかりでは届《とゞ》くめえ。夜夜中何處《よるよなかどこ》からお⑫閨《ねや》が見《み》えるもんか。」

「其處《そこ》はよ、天道樣《てんたうさま》おあつらへだ、寝《ね》ながら月《つき》の見《み》

⑥美女の耳に入って。
⑦喉に嚙みつき。
⑧あっけにとられた顔。
⑨主公は両方の言い分を聞き判断するなら、自分（音吉）は勝ち目がなさそうだ。
⑩夜具をひっかけた状態が抜衣文（着物の後襟を下げて襟足を出した着方）のようだという比喩。
⑪お部屋様にまつわる事件を引き起こした人。
⑫寝室。

える仕《し》かけよ、お縁《えん》の雨戸《あまど》は硝子張《がらすばり》だ。」

石燈籠《いしどうろう》があるばかり。隠《かく》るゝ隈《くま》はなかつたが、一《いち》面《めん》の芝《しば》に跫音立《あしおとた》たず、ぬき足《あし》の影法師《かげぼふし》と、さし足《あし》の四人《よにん》づれ、影《かげ》を蹈倒《ふみたふ》して一人《ひとり》づゝ、黒《くろ》く雨戸《あまど》に摑《つかま》つた、中《なか》なる障子《しやうじ》も硝子越《がらすごし》。

呼吸《いき》を詰《つ》めて、差覗《さしのぞ》くと、湯《ゆ》たんぽの薫《かをり》や籠《こも》る、蘭奢《らんじや》の香《か》や立迷《たちまよ》ふ、燈《ともしび》はたゞ春《はる》の水《みづ》に、月《つき》やや長《なが》き趣《おもむき》にて、朧々《おぼろ〳〵》と艶《えん》なるに、厚衾敷設《あつぶすましきまう》けた、金欄《きんらん》の雲高《くもたか》き中《なか》に、胸《むね》の下《した》まで搔巻《かいまき》かけて、枕《まくら》を乗《の》り出《だ》した肱《ひぢ》かけ窓《まど》、主公《との》は片肱《かたひぢ》かけながら、細目《ほそめ》に開《あ》けたる窓《まど》の外《そと》へ、白銀《しろがね》の棹《さを》を手《て》にしつつ、轉寝《うたゝね》をし給《たま》ふらむ、寂《せき》として、身動《みうご》きせず。

唯見《とみ》る、此方《こなた》に雪《ゆき》なす頸脚《えりあし》、結《ゆ》ひたての三《み》ツ輪《わ》艶《つや》やかに、徐《そ》と据《す》ゑたかと差俯向《さしうつむ》いた。腰《こし》の扱帯《しごき》の薄《うす》紫《むらさき》。霞《かすみ》に靡《なび》いて身《み》を空《そら》に、主公《との》の裀《しとね》にすらりと輕《かる》う、半《なか》ば乗《の》つかゝるやうにした、美女《たをやめ》の後姿《うしろすがた》。二人《ふたり》は顔《かほ》を見合《みあ》はせて、ひツたりと差覗《さしのぞ》く。――美女《たをやめ》は恁《か》くて主公《との》の足《あし》を、柔《やはら》かに撫《さす》り參《まゐ》らせつゝあつたのである。

やがて、するりと身《み》を引《ひ》いて、すらりと障子《しやうじ》の蔭《かげ》に立《た》つた。が、黒髪《くろかみ》の色《いろ》を籠《こ》めて、天井《てんじやう》が高《たか》く、暗《くら》く、凄《すご》いやうに見《み》えたのは、思《おも》ふ二人《ふたり》の迷《まよひ》であらう。

時《とき》にはら〳〵と衣《きぬ》の音《おと》、褄《つま》の運《はこ》びにちらめくは、雪《ゆき》を包《つゝ》んだ未開紅《①みかいこう》。ちら〳〵と裀《②しとね》を拂《はら》つて、主公《との》の寢《ね》て踏延《ふみの》ばした、爪尖《つまさき》のあたりへ移《うつ》つた時《とき》、屹《きつ》と艶麗《あでやか》な横顔《よこがほ》で、枕《まくら》の方《かた》を流眄《③しりめ》に掛《か》けた……やうであつた。

搔巻《かいまき》の裾《すそ》を柔《やはら》かに、ふツくりと廻《まは》つて向《むか》う側《がは》、今《こん》度《ど》は主公《との》の右《みぎ》の足《あし》を。

片膝《かたひざ》ついて褥《しとね》にかけると、ひら〳〵と炎《ほのほ》が燃《も》えた。二人《ふたり》の面《つら》は熱《あつ》かつたが、否《いな》とよ、こぼれた緋縮緬《ひぢりめん》、やがて白脛《しらはぎ》に冷《つめた》く消《き》えた。

琴《こと》に差向《さしむか》ふ風情《ふぜい》して、揃《そろ》へてさした白魚《しらを》の指《ゆび》、左《さ》右《いう》へ開《ひら》いてしとやかに、且《か》つものやさしく、徐《そ》と又《また》搔擦《かいさす》りはじめた時《とき》、月影彼處《つきかげかしこ》に透《す》くよとする、顔《かんばせ》清《きよ》く衝《つ》と上《あ》げて、流《なが》るゝやうな瞳《ひとみ》を此方《こなた》へ、眉《まゆ》を開《ひら》いて莞爾《につこり》して、直《す》ぐにもとの、ふツくりとある伏目《ふしめ》になつた。が、其途端《そのとたん》に、二人《ふたり》は天窓《あたま》から慄然《ぞつ》として、音《おと》の如《ごと》きは逃《に》げようとして、やつと止《とゞ》まつた。

（いゝ兒《こ》だ、おとなしく見《み》ておいで、皆承知《みんなしようち》だよ。）

と言《い》ふやうに見《み》えたのである。

さて、今更退《いまさらひ》くにも退《ひ》かれず、凍《こほ》つて了《しま》へ、と立《たち》竦《すく》む。

①紅色の花。開花するものは少ない。

②通常「茵・褥」と書く。座ったり寝たりする時、下に敷く物。

③ちらっと見るだけで構わずに事を行なうこと。

しばらくして、又《また》ひら〳〵と炎《ほのほ》が絡《から》んだ。

吃驚《びつくり》すると、美女《たをやめ》の袖口《そでくち》から、主公《との》の搔卷《かいまき》の袖《そで》に映《うつ》つて、嘗《な》めて行《ゆ》くやうに燃《も》え上《あが》る。

あゝ、膝《ひざ》からも紅《くれなゐ》が、裾《すそ》からも流《なが》るゝ炎《ほのほ》。

此方《こつち》の傍《そば》から、裾《すそ》をまはつて、向《むか》うに運《はこ》んだ歩行《あゆみ》のあと、いかに、いつも身《み》を放《はな》たず、名《な》にも人目《ひとめ》にも立《た》つまでの、緋縮緬《ひぢりめん》の襦袢《じゆばん》とはいへ、影《かげ》も疊《たゝみ》の蒼《あを》きに映《うつ》つて、友禪《いうぜん》ぞめの花《はな》の川《かは》、俤《おもかげ》にこそ立《た》つたりけれ。其處《そこ》も彼處《かしこ》も紛《まが》ふべうなき、一面《いちめん》の炎《ほのほ》となつて、煙《けむり》むら〳〵と立蔽《たちおほ》ふに、燈火《ともしび》は暗《くら》くなつて、中《なか》にも一條矢《ひとすぢや》の如《ごと》きが、柱《はしら》を卷《ま》いて、緋《ひ》の環《をだまき》をかけて閃《ひらめ》いた。

「火事《くわじ》だアい。」——「火事《くわじ》だ、火事《くわじ》だ。」——喚《わめ》くも叩《たゝ》くも殆《ほとん》ど同時《どうじ》に、音《おと》と七《しち》の四《よ》ツの拳《こぶし》が雨戸《あまど》を搖《ゆす》つて、未《いま》だ煙《けむり》はかゝらぬ廊下《らうか》へ、月影《つきかげ》とともに躍《をど》り込《こ》んだ。

小力《こぢから》のある音吉《おときち》は、夢《ゆめ》のやうな火《ひ》を熱《あつ》く蹈《ふ》んで、二三ケ所火傷《しよやけど》をしながら、無言《むごん》で主公《との》に飛《と》びついた。

「④天《てん》の網《あみ》だツ。」

天井《てんじやう》を拔《ぬ》く破鐘聲《われがねごゑ》、七親仁《しちおやぢ》は半狂亂《はんきやうらん》で、仔細《しさい》あつて雫《しづく》も切《き》らず、先刻《さき》から引提《ひつさ》げて立忍《たちしの》んで、計《はか》らずも我生《われうま》れ得《え》て、網《あみ》を打《う》つに妙《めう》を得《え》つ、若《わか》き折《をり》に、⑤寒月《かんげつ》に裸《はだか》で波《なみ》に捌《さば》いたも、今此《いまこ》の時《とき》の用《よう》ぞとばかり。

すツくと立《た》つた美女《たをやめ》の、炎《ほのほ》の中《なか》に俤白《おもかげしろ》き、黒髪《くろかみ》かけて天井一杯《てんじやういつぱい》、颯《さつ》と、火《ひ》の網《あみ》を投《な》げたる手練《しゆれん》。

⑥網《あみ》の目《め》炎《ほのほ》に染《そま》つたのを、一目見《ひとめみ》て、飛《と》んで出《で》た。

庭前《にはさき》は早《は》や火《ひ》の粉《こ》の雨《あめ》。潜《くゞ》り拔《ぬ》け〳〵、

「主公《との》さま！主公《との》さま！」

「此處《こゝ》だよう、此處《こゝ》だよう、」

と遠《とほ》くで呼《よ》ぶ、音吉《おときち》の聲《こゑ》を知《し》るべに、塀《へい》を出《で》て表《おもて》通《どほ》り、向《むか》う側《がは》に田圃《たんぼ》の前《まへ》なる、小《ちひ》さな煙草屋《たばこや》の垣根《かきね》の處《ところ》に、音吉《おときち》は、主公《との》に附添《つきそ》つて、火《ひ》の手《て》を睨《にら》んで居《ゐ》たのである。

「おゝ、主公《との》さま。」

と七親仁《しちおやぢ》は、唯《たゞ》くる〳〵と廻《まは》つたが、

「音《おと》、頼《たの》んだぞ、」

と言《い》ひすてて、斜《はす》ツかけに又塀《またへい》の内《うち》へ駈《か》け込《こ》んだ。

邸《やしき》の内《うち》は寂《しん》として、却《かへ》つて門《もん》の外《そと》に五六人《にん》、わや〳〵立《た》ち騒《さわ》ぐ人《ひと》の影《かげ》。

霜《しも》を装《よそほ》ふ大空《おほぞら》冴《さ》えて、炎《ほのほ》の色《いろ》は薄紅梅《うすこうばい》。火花《ひばな》は星《ほし》の中《なか》に燦然《さんぜん》として、且《か》つ消《き》え、且《か》つ飛《と》び、煙《けむり》は渦《うづ》を卷《ま》いて立騰《たちのぼ》れど、忽《たちま》ち河水《かはみづ》にかすれ行《ゆ》きて、濱《はま》の松

④天罰を受ける。法網はのがれがたく、必ずその罰を受ける（『故事俗信ことわざ大事典』）。「天に網を被さる」ともいう。ここでは、七親仁が魔物を退治するため自分の網を打つ。
⑤冷たく冴えわたった冬の月。
⑥七親仁は網で摑まえた女が燃えたことを確認して、部屋から逃げていく。

の夜影《よかげ》も包《つゝ》まず、①櫻山《さくらやま》の頂《いたゞき》刈《か》る、利鎌《とがま》の月《つき》を見《み》てあれば、騒《さわ》ぎぞ、人々《ひと〴〵》、我《われ》かくてあらむほどは、たとひ二十日《はつか》の影《かげ》なりとて、かばかりの煙《けむり》に、月夜《つきよ》にやは隈《くま》あらせむ、と②冷《ひや》やかに差覗《さしのぞ》ける風情《ふぜい》なり。

遠近《をちこち》の畷《なはて》、畦道《あぜみち》、川上《かはかみ》の橋《はし》の上《うへ》かけて、提灯《ちやうちん》の數《かず》ちら〳〵と、灯《ともし》連《つ》れて顯《あらは》れた。が、係《かゝ》る田舎《ゐなか》のことなれば、③狐《きつね》の嫁入《よめいり》と云《い》ふものめく。

親仁《おやぢ》が主公《との》の杖《つゑ》を捧《さゝ》げて、引返《ひきかへ》して來《き》た時《とき》は、川《かは》に臨《のぞ》んだ一水亭《いつすゐてい》、母家《おもや》へ渡殿《わたどの》の半《なか》ばで焼留《やけとま》つて、お邸《やしき》は二階《にかい》の人《ひと》も無事《ぶじ》との報知《しらせ》。

「お亭《ちん》は、骨《ほね》ばかりの火《ひ》になつて、柱《はしら》も鴨居《かもゐ》も、まるで朱《しゆ》で描《か》いたもののやうだ。音《おと》、行《い》つて見《み》べい、④御免《ごめん》を蒙《かうむ》つて、」

と、さそつたには仔細《しさい》がある。⑤網《あみ》で伏《ふ》せた美女《たをやめ》の亡體《なきがら》で。

主公《との》は何《なん》となく、默《だま》つて頷《うなづ》きたまひつゝ、杖《つゑ》を片《かた》手《て》に、片手《かたて》を柴垣《しばがき》の上《うへ》にかけて、音吉《おときち》の手《て》を離《はな》し給《たま》へば、勇《いさ》んで、二人《ふたり》して又駈出《またかけだ》した。

塀際《へいぎは》に差置《さしお》いた、消防《ひけし》の梯子《はしご》、長《ながさ》三間《げん》ばかりなのに、言《い》ひ合《あ》はせたやうに手《て》をかけて、

「遣《や》つて見《み》べいか、」

「遣《や》つて見《み》べい。」

顔《かほ》を見合《みあ》はせて頷《うなづ》き合《あ》ひ、ずる〳〵と引摺《ひきず》つて、諸共《もろとも》に取直《とりなほ》した、片端《かたはし》を兩人《ふたり》の手《て》。

斜《なゝめ》に縦《たて》に持直《もちなほ》して、

「ありや、」

「やア、」

と、⑥きほひの懸聲《かけごゑ》。

燃殘《もえのこ》つて立《た》つた、柱《はしら》、壁《かべ》ともいはず、鴨居《かもゐ》と云《い》はず、川《かは》へ向《む》けてめつた突《つ》き。

五《いつ》ツ六《む》ツ振《ふ》ると、もう最《も》う疲《つか》れて、

「やあ、ほう、」

「どツこいしよ、」

と言《い》ふ下《した》に、火《ひ》の柱《はしら》、火《ひ》の鴨居《かもゐ》、火《ひ》の床《ゆか》の、肱《ひぢ》かけ窓《まど》によつた片隅《かたすみ》、上下《うへした》にかさなりあひ、ぐらぐらと搖《ゆ》れて夾《ざんぶ》と水《みづ》。

火《ひ》の粉燄《こばつ》と立《た》ち榮《は》えて、煽《あふり》にひら〳〵と燃《も》えながら、河《かは》の面《おもて》に碎《くだ》けたが、炎《ほのほ》の煽《あふり》が風《かぜ》を起《おこ》して、引汐《ひきしほ》時《どき》を流《なが》れ落《お》ちず、逆《さかさ》に川上《かはかみ》へゆら〳〵と二三間《げん》、曉《あけ》方《がた》の汐《しほ》のみち〳〵て溢《あふ》るゝばかりの波《なみ》に搖《ゆ》れて、ゆらりと山《やま》へ上《のぼ》るやう。

炎《ほのほ》に紛《まが》ふ緋縮緬《ひぢりめん》、唯見《とみ》れば燃《も》ゆる鴨居《かもゐ》を裾《すそ》に、扱《しご》帯《き》の色《いろ》もありのまゝ、⑦從容《しようよう》として、川浪《かはなみ》に立《たち》あらはれた其《そ》の美女《たをやめ》。一本《ひともと》の火《ひ》の柱《はしら》、火先《ほさき》に腕《かひな》をからま

①桜山の頂に、満月がかかり、利鎌（鋭い鎌）の形に見えた様子。
②遠いところから、人間たちの大騒ぎを冷ややかに見ている月。
③田舎のあぜ道でちらちらと光る提灯は、狐の嫁入行列のように見える。
④音吉を連れていくことを主公に許しを得る。
⑤火事の炎に巻かれて、網の中で美女は死んだはずだ。七親仁は主公に内証で焼死体を確かめたい。
⑥励みの掛け声。
⑦落ち着いているさま。

せながら、白《しろ》やかに掻取《かいと》つて、斜《なゝ》めに櫂《かい》を操《あやつ》りつゝ、二人《ふたり》を見《み》て又《また》あからさまに莞爾《につこり》した。それもこれも定《さだ》まる運《うん》の、主公《との》を屠《ほふ》らむとして過《あやま》ちし本意《ほい》なさよ。さらば、と言《い》ふが……瞳《ひとみ》に宿《やど》つた。

あれ〳〵とばかりに、二人《ふたり》は炎《ほのほ》の船《ふね》を追《お》うて川《かは》ぞひに、やがて主公《との》の、在《まし》ます方《かた》。

「主公様《とのさま》。」

「あれ〳〵。」

「呀《や》！助《たす》けんか。」

と仰《おほ》するほどに、山《やま》の腹《はら》に谺《こだま》して、中空《なかぞら》を渡《わた》る音《おと》。風《かぜ》かあらぬか、岩打《いはう》つ浪《なみ》が、タトタトタトタトタトタトと土《つち》を刻《きざ》んで聞《きこ》えたが、眞近《まぢか》になつてハタと留《や》むと、一個《いつこ》の黒影《こくえい》、月《つき》の下《した》に露《あら》はれて、身動《みうご》きをしたと思《おも》ふや、颯《さつ》と風《かぜ》の如《ごと》く駈《か》けて來《き》て、あふつて、主公《との》を薙倒《なぎたふ》さうとして危《あやふ》く留《とま》つた。

「危《あぶな》い！」

「誰《だれ》だ、」

と、七《しち》と音《おと》、我《われ》を忘《わす》れて夢中《むちう》で怒鳴《どな》つた。

「槐庵《くわいあん》々々！槐庵《くわいあん》！」

高《たか》らかに侯爵《こうしやく》の號《がう》を呼《よ》んで、衝《つ》と目《め》の前《まへ》に突立《つゝた》つたは、白銀《しろがね》の兜《かぶと》に、同一白銀《おなじしろがね》の大鎧《おほよろひ》、ざつくと着《き》た、身《み》の丈抜群《たけばつぐん》の神將一員《⑧しんしやういちゐん》。

征矢一筋《そやひとすぢ》、半弓《はんきう》を脇挾《わきばさ》んで、朱《しゆ》の如《ごと》き眼《まなこ》を睜《みひら》き、藍碧《⑨らんぺき》の面《おもて》に怒《いかり》を含《ふく》んで、

「御身《おんみ》、人爵《じんしやく》の榮《えい》を得《え》て、世《よ》のために功《こう》あるが、天職《てんしよく》を忘《わす》れたり。見《み》よ、あの婦人《をんな》。」

と鎧《よろひ》の袖《そで》、水晶《すゐしやう》を削《けづ》る音《おと》して、川《かは》の面《おもて》を顧《みかへ》つた時《とき》――美女《たをやめ》は取《と》りかへて、火《ひ》の柱《はしら》を屹《きつ》と小楯《こだて》に取《と》つた。

「あの、夜叉《⑩やしや》、足下《そくか》の手《て》に滅《ほろ》ぶるやう、天《てん》に於《おい》て掟《おきて》したるに、足下《⑪そくか》の怠慢《たいまん》、再《ふた》び海《うみ》に放《はな》ち終《をは》んぬ。世《よ》の禍《わざはひ》又是《またこれ》よりして幾何《いくばく》ぞ。あれ、見《み》よ、今《いま》の機《き》を逸《いつ》すな、勤《⑫つと》めずや、槐庵《くわいあん》。」

とて弓《ゆみ》に矢《や》を添《そ》へて與《あた》ふるを、此《こ》の老政治家《らうせいぢか》は我《われ》を忘《わす》れて、戰《をのゝ》きながら受《う》け取《と》つて、川面《かはづら》を見向《みむ》きもあへず、あはれ力《ちから》なく足《あし》なえて、礑《はた》と地《つち》の上《うへ》に倒《たふ》れたのである。

火事《くわじ》のなごりの薄煙《うすけむり》、水《みづ》あかりに颯《さつ》と靡《なび》いて、炎《ほのほ》の櫂《かい》も、火《ひ》の船《ふね》も、東雲《しのゝめ》の空《そら》に紛《まぎ》るゝ兜鎧《かぶとよろひ》の色《いろ》に分《わか》れて、沖《おき》へさして引潮時《ひきしほどき》。

鼻唄《はなうた》まじりのポンプの音《おと》。曉《あかつき》の浪《なみ》が打《う》ちはじめた。

⑧最後に現れた謎の神様。美女とずっと対決しているようだが、詳細な内容が書かれていない。

⑨青緑。

⑩人に害する邪悪な鬼神。ただし、美女の正体が「夜叉」という話は、これが初めてである。鮟鱇の肝が美女に化けた話と若干辻褄が合わない。

⑪神将が主公に向かって叱る言葉。色情に溺れた主公は美女（夜叉）を退治する仕事を怠けたという。

⑫夜叉を退治しろという命令。神将は弓矢を主公に渡すが、足が衰えた主公は矢を放つことができず、そのまま倒れてしまう。

解説　アダム・カバット

泉鏡花（一八七三〜一九三九）の小説には美女がつきもの……とよく言われている。それは、いかにも優しくて、高貴で、妖艶である場合が多い。「月夜遊女」というタイトルから考えると、この話にも、このたぐいの美女が登場するだろうと容易に想像できる。確かに出ることは出るが、鮟鱇から無理に抜かれた肝が美女に化ける話なので、なんだかちょっと違うような気もする。

血気盛んな若者・音吉が、新宿の浜で釣った鮟鱇の一番美味しいとされる肝をどうしても食べたい。寂しい夜道で鮟鱇の口から肝を抜き出し、代わりに馬の捨て草鞋《わらじ》をねじ込み、そのまま横浜の問屋を騙して売ろう……という、とんでもない（それも子供じみて滑稽な）悪企みだ。これが、美女を出現させる発端である。

行動に走る前の描写はかなり生々しい。

音吉は月夜に照らされた鮟鱇の膨らんだ白い腹を眺めながら、「安達が原」の話を思いだす。浄瑠璃『奥州安達原』（近松半二ら作、一七六二年初演）の四段目では、難病を治すために胎内の赤子の生《なま》血《ち》が必要とされ、安達原の老婆は妊婦の腹を切り裂き赤子を取り出し、血を絞る。この残酷極まりない場面は、音吉の行動と重なっている。また、鮟鱇の口に手を入れて肝を抜くのは、河童が人間の肛門に手を入れて尻子玉《しりこだま》（肝に値する想像上のもの）を抜く行為に似ている。

鏡花は月岡芳年の「奥州安達がはらひとつ家の図」（図1）も参考にしたのかもしれない。本作の初出（『太陽』第十二巻第一号、一九〇六年）より二十一年前（一八八五年）に発表された錦絵である。浄瑠璃と違うところは半裸の妊婦が逆さ吊りにされている点である。恐ろしい鬼女になりきった老婆も半裸で、包丁を研ぎながら妊婦を睨みつけている。妊婦の吊り下げられた格好は、残酷さとエロチシズムを持ち合わせた絵柄とともに、吊るし斬りの鮟鱇の姿をも思わせる。夏目漱石の俳句「あんこうや孕《はら》み女の釣るし斬り」（一八九五年）は芳年の絵と似たような情景を詠んでいる。

海底に住みついている鮟鱇は、大きな口を開いたまま、迷い込む魚をじっと待っている。鮟鱇は見かけや行動から、少々グロテスクにみえる（見方によっては可愛らしくもみえる）が、それ以上にグロ

図1　月岡芳年「奥州安達がはらひとつ家の図」明治18年（1885）個人蔵

テスクなのは、「吊るし斬り」という特殊な調理方法である。鉄の鉤《かぎ》で吊るされた鮟鱇の腹に水を入れ膨らませ、皮を剝ぎ内臓《は》を取り出すのだ。

安達原の老婆の行動を模倣する音吉は恐ろしい悪党だと思われがちだが、鬼女の真似はあくまでも臆病者の吉を脅かすための芝居にすぎない。いたずら好きな音吉は根っから悪い人ではない。

ところが、吉に逃げられ一人残された音吉は急に怖くなる。いったんは鮟鱇の肝を抜くことをやめようと考えるが、意地っ張りの音吉は「どうでも鮟鱇《あんこう》の腹《はら》と、おらが肝《きも》をば釣《つり》かえにすべき」と断言する。このあたりから「安達原」見立ての残酷さよりエロチシズムの意味合いが濃くなるが、この描写は決して美しいというわけではない。

やがて音吉は、歯が鋭く生温かい鮟鱇の口の中に深く手を入れる。すると、しびれてきた手がねばねばした口から抜けなくなる。どこからか女の声が聞こえてきて、理性をなくした音吉は無我夢中になる……。ここでは音吉の精神状態を詳細に分析するつもりはないが、性への恐怖が十分読み取れるだろう。

そして、抜かれた肝から不思議な霧が立ち上り、その霧が一人の美女の形に固まっていく。女の美しさは鏡花の手慣れた言葉で表現されている。たとえば、「雪《ゆき》の乳房《ちぶさ》」や「丹花《たんか》の朱唇《くちびる》」、あるいは「粋《いき》で高等《こうとう》とやらで、はあ、神様《かみさま》のような、気高《けだか》いだ」という。だが、美女の話をする音吉とその話を聞く七親仁のちょっとずれた感覚によって、美女の類型が見事に覆されている。音吉にとって、美女の正体は化け物に決まっているし、七親仁も、古い化け物のイメージしか浮かんでこない。そのためか、二人の会話がとても滑稽に聞こえる。

音吉が「真紅《まつか》なのをちらちらと」と言うと、七親仁は「はあ、舌を出したか」と勘違いする。赤いのは、美女の緋縮緬《ひぢりめん》の裾だが、七親仁はすぐ化け物の赤い舌を想像する。そして、音吉は「ももんがあで、舌を突出《つんだ》すような甘術《あまて》な奴《やつ》なら、おらだって咽喉笛《のどぶえ》へ喰《く》いつくだよ」と言い返す。つまり、一般的な化け物が人を脅かすとき、舌を出し「ももんがあ」と叫ぶけれど、自分はそんな程度の低いものに怖《お》じるはずがないと言い張っているのだ。

美女は油断できない化け物だ、という理屈はやはり可笑《おか》しい。もし粋で気高い美女がいきなり赤いベロを出して、「ももんがあ」と大声で脅かすならば、読者はつい笑い出すだろう。美女は高貴で妖艶にみえるが、裏にあるこのおどけた姿こそ、美女の本質なのかもしれない。

＊

鏡花の小説に登場する人物は善人と悪人に容易に分けることができる場合が多いが、この小説では、いったい誰が悪人なのか。

結末だけを見ると、映画『妖怪大戦争』（大映、一九六八年）よろしく、善と悪の戦いのようにみえる。美女の正体は恐ろしい夜叉《やしや》である。空から降りてきた善なる神は夜叉を退治せぬ主公《との》を叱る。そして、夜叉は火の船で逃げていく。最後に世の中が平和に戻るが、夜叉による煩《わずら》いはいつの日かまた起こるだろう。締めくくりのいい結末だが、今までの話とどうも辻褄《つじつま》が合わないような気もする。

この小説の目線は庶民の音吉たちから離れない。音吉と仲間の吉、そして別荘番の七親仁はみな間抜けなところが少々あるけれど、基本的に素直で人柄がいい。鏡花の小説では権力者が悪の側に位置づけられる場合が多く、主公を「老政治家」と呼ぶのも、彼の傲慢な態度を仄《ほの》めかしているのかもしれない。しかし、庶民たちとのやり取りからみて、主公はあくまでも心の優しい人格である。

さて、謎の美女は本当に恐ろしい魔物であろうか。美女は山道でばったり出会った主公に音吉がいやらしいことをするから助けてください、というもっともらしい嘘をつく。逆に、音吉は美女が鮟鱇の肝が化けたものだと素直に打ちあけるが、当然信じてもらえない。あきらめが早い音吉はせめて主公が落とした上等な葉巻を思う存分に吸おうと考える。美女のずるさと音吉の子供っぽさは対照的だが、両者はいかにも人間的な振る舞いをする。その後、主公の別荘で暮らすようになった美女は大根を千切りにしたり、西洋皿を拭いたりするので、魔物としてはとても気配りがいいと言わざるを得ない。

では、主公の足が衰える奇病をどう解釈していいのか。悪意を持つ美女の仕業だというのが妥当な解釈であろうが、美女が悪の存在だと本当に言いきれるのか。年寄りの冷や水で、性に溺れる主公の体は当然衰えていくはずだ。つまり、この成り行きはいかにも自然のことである。

ここで、十返舎一九《じっぺんしゃいっく》[1]画作の黄表紙[2]『釣戎水揚帳《つりえびすみずあげちょう》』（一七九七年刊）を紹介したいと思う。ある日、七福神の恵比寿が河豚《ふぐ》を釣る。河豚の毒にあたると命が危ないというが、恵比寿はこの珍味の魚を食べたい。ところが家に帰ると、河豚が美女に化けて恵比寿に色仕掛けをする（図2）。その後、恵比寿の寵愛を受けた美女はいい気分になるけれど、恵比寿の体はだんだん衰えていく。「さるほどに恵

図２　十返舎一九『釣戎水揚帳』寛政９年（1797）
東京都立中央図書館加賀文庫蔵

比寿様は河豚の味に喰らい込み給い、上がるほどに上がるほどに、今はお体もぐにゃぐにゃものとなりて、ついには御身の害となるべき事も知り給わず、誠や河豚を食いすぎては骨も和らぐという譬えの通り」という。

要するに、鮟鱇にしろ、河豚にしろ、生臭いものにとことんまで付き合うと、悪い結果になりかねない。まったくたあいのない話だが、一九の笑いは「月夜遊女」にも十分通用するのである。十返舎一九といえば、鏡花が愛読した滑稽本『東海道中膝《とうかいどうちゅうひざ》栗毛《くりげ》』（一八〇二年初編）の作者でもある。江戸から伊勢参宮への旅をする弥次と喜多はやはり間が抜けており、道中、いたずらや失敗談で笑いを連発する。弥次と喜多の頓珍漢《とんちんかん》な人物造形や勘違いの多い会話などは、音吉たちにも似ていると言えよう。

もちろん、「月夜遊女」は怪奇小説として十分読めるが、江戸時代後半の文学の一つの特徴でもある笑いの精神こそ、「月夜遊女」の大きな見どころではないかと思う。

*

「月夜遊女」の舞台は逗子である。発表の四年前（一九〇二年）に、鏡花は療養のためにしばらく逗子に滞在したことがあり、実際眺めていたさまざまな風景がこの作品の土台になっている。前半は金沢道の山道が舞台であり、後半は田越川あたりに変わるが、満月の夜という設定は共通している。いうまでもなく、「月」というものが小説の全体を通し大きな役割を果たしており、それとともに月がもたらす「影」の存在も大きい。

岡本綺堂[3]の短編小説「影を踏まれた女」（一九二五年）では、町の子供たちが月明かりの夜に「影や道陸神《どうろくじん》、十三夜のぼた餅」と歌いながら、おせきという若い娘の影を踏んでしまう。影を踏むという子供の遊びは、綺堂によると、日露戦争の頃にはすでに廃れていたという。ちょうど「月夜遊女」が書かれた頃であった。

おせきは自分の影が踏まれると、寿命が縮まると心配して、月の明るい夜には外に出られなくなる。「月が怖ろしいのではない。その月のひかりに映し出される自分の影を見るのが怖ろしい」という。人や物の影に魂が宿るという着想は本作にも仄めかされているのである。

最後に山村浩二氏の素晴らしい絵についてひと言ふれたいと思う。日常的な笑いと幻想的な影、緻密な自然描写と人間（または化け物）のおどけた表情。相違のものがとても上手にかみ合っているのである。山村氏の絵の魅力が、鏡花の世界に新たな可能性を与えてくれると大いに期待している。

＊注

1)十返舎一九　一七六五～一八三一。名高い戯作者。『東海道中膝栗毛』が代表作だが、黄表紙も数多く書いた。

2)黄表紙　一七七五年から一八〇六年までの間に江戸で刊行された絵入りの大衆文学。笑いの趣向が凝らされた作品が多い。

3)岡本綺堂　一八七二～一九三九。怪談や推理小説を多く書いた。

参考文献

国民図書編『近代日本文学大系 名作浄瑠璃集 下』（国民図書、一九二七年）
中村幸彦校注『新編 日本古典文学全集 東海道中膝栗毛』（小学館、一九九五年）
岡本綺堂『影を踏まれた女』（光文社文庫、二〇〇六年）

凡例

一、本書は、『鏡花全集』第九巻（岩波書店、一九七四年）を底本として、新たに編集を施したものである。原文は『鏡花全集』第九巻、そのままとした。

一、旧仮名遣いは新仮名遣いに、漢字の字体は新字体のあるものは新字体にあらためた。

一、原文の傍点、ルビの反復記号を削除した。ただし、次のような場合はルビの反復記号を平仮名表記にした。

例えば、慄氣々々《ぞく〱》→慄気々々《ぞくぞく》

一、原文の片仮名表記を平仮名にした場合がある。

例えば、ツて→って、一ツ→一つ、ぎよツとした→ぎょっとした

一、原文の反復記号は次のような場合には同文字の繰り返しとした。

例えば、えゝ→ええ、ふは〱→ふわふわ

一、原文の漢字を平仮名にした場合がある。

例えば、其の→その、此の→この、恁う→こう、居る→いる

一、各人物の会話文の前に、発言者が分かるように一文字を入れた。ただし、発言者が特定できない場合は入れていない。

一、「回想」という文字は原文にはない。場面転換の理解の助けとなるよう、校註者が加えたものである。

一、文中に、今日の観点からは差別的ととれる表現があるが、本作品が書かれた時代背景等を鑑み、そのままとした。

泉　鏡花（いずみ きょうか）
一八七三（明治六）年〜一九三九（昭和十四）年。本名・泉鏡太郎。江戸文芸の影響を受けつつ、明治・大正・昭和にわたり活躍した小説家。近代幻想文学の先駆者。作品に『海異記』『草迷宮』『三、三羽——十二、三羽』など。

山村浩二（やまむら こうじ）
一九六四年、名古屋市生まれ。アニメーション作家・絵本作家。映画芸術科学アカデミー会員、東京藝術大学教授。『頭山』がアカデミー賞短編アニメーション部門にノミネート。短編アニメーション『カフカ 田舎医者』『マイブリッジの糸』など。

アダム・カバット
一九五四年、アメリカ合衆国ニューヨーク市生まれ。武蔵大学教授。専攻は近世・近代日本文学（幻想文学）。独自の視点で江戸の妖怪・化け物を研究。著書に『江戸化物の研究』（岩波書店）『江戸滑稽化物尽くし』（講談社学術文庫）など。

絵草紙《えぞうし》　月夜遊女《つきよゆうじょ》

二〇一七年十一月十日　初版第一刷発行

文　泉　鏡花
絵・題字　山村浩二
校註　アダム・カバット
発行者　下中美都
発行所　株式会社平凡社
〒一〇一-〇〇五一　東京都千代田区神田神保町三-二九
電話〇三-三二三〇-六五八五（編集）
〇三-三二三〇-六五七三（営業）
振替〇〇一八〇-〇-二九六三九
ホームページ http://www.heibonsha.co.jp/

装丁　熊谷智子
企画編集　みつい ひろみ
編集　竹内清乃（平凡社）
取材協力　横濱金澤シティガイド協会
印刷・製本　大日本印刷株式会社

ISBN 978-4-582-83768-1 C0093
NDC分類番号913.6
四六判（18.8cm）　総ページ120